對窗

六百八十格

歐洲華文作家微型小說選（上）

歐洲華文作家協會／著

主編／黃雨欣、黃世宜

顧問／俞力工

策劃／朱文輝

Europe

歐洲，一個浪漫而神秘的他方；微短小說，一瞬精簡而多解的瞥望。

翻開本書，讓僑居歐洲的華人作家們，為您打開一扇投向遙遠歐洲的窗口……

【代序】
一樹繁花

　　幾個月前，歐洲華文作家協會會長俞力工弟，就要我給他們正在醞釀出版的微型小說集寫序。自然是一口答應了，雖然那時我的健康情況變得有點糟，很被病痛折磨，已多日沒出去參加活動也沒見朋友。但對歐華我有特殊感情，看她茁壯成長，就像看到自己的孩子一天天的長大，心中總有一份喜悅與驕傲。歐華的事都讓我關心，對歐華有利的事我都願意做。但後來我竟在電腦前都坐不住，連那個短序也寫不出來了，只好跟歐華的兄弟姊妹們說：這次是做不到了，另找人寫吧！請大家原諒。

　　他們當然是原諒我的，而且很多會友寫來親切的問候，力工弟說「寫序的事不要放在心上，休養身體要緊。」副會長之一的李永華弟，立刻要託他國內的朋友郵寄一套保健書《求人不如求己》給我。他說的最好的一句話是：「我們大家都要好好的。」是啊！歐華多年以來就以人和取勝，像一個文學大家庭，彼此信賴，鼓勵，相濡以沫。大家真要好好的，一個也不能少。

　　懷抱信心和毅力，我延醫吃藥，安心地治病休養，寫序的事便在萬分遺憾的心情下擱下了。稍稍聊以自慰的是，從來不寫微型小說的我，居然在一大疊文章剪報中，發現我唯一的一篇可稱「微型」的小說：〈不能承擔之重〉，連忙寄去，參加他們出書的盛舉。

近日健康在逐漸恢復中，正念著他們出書的事不知進行得怎樣了？忽接到《微型小說》主編黃雨欣妹的信。她附來微型小說集的目錄，還叫我：費心給這個歐華作協的新生兒取個響亮的名字。

　　目錄真可謂琳琅滿目，每個會友都拿出不只一篇作品（只我除外），謝盛友一人便十九篇，可見他是如何的勤奮。事實上歐華作協會員生活都很忙碌，但他們在百忙中仍不忘寫作，一心要把歐洲華文文學推向更高峰。回想三十年前在歐華文學的「沙漠時代」，大家是怎樣努力的耕耘播種，開創文學的綠洲。時光匆匆而過，歐華不斷的增加新血，現在是滿眼春色一樹繁花，只覺璀璨欣榮得令人目不暇給。

　　微型小說集當然不是歐華的第一本書，自協會成立以來，已經出版了三本會員文集。如今他們竟然一口氣出數本，類別多樣化，除微型小說集外，還有麥勝梅妹主編的旅遊文集，和謝盛友弟主編的有關教育的文集。在沒有任何經費支援的情況下，能達到這個程度，可謂成績斐然，任誰也不得不刮目相看。

　　微型小說是近三十年才流行的一種新文類。任何一種文風的興起都與當時的社會形勢相扣。目前這個工作緊張，資訊爆炸，生活節奏分秒必爭，時間貴於一切的時代，創作中長篇小說的人已不多，對一般讀者來說，閱讀長篇大論的文藝作品也覺力不從心。何況一些平庸的中長篇亦未必能引起閱讀慾。微型小說便在這樣的時代背景下應運而生了。

　　微型小說雖小，卻是小而濃，小而精，能凝聚瞬間的衝擊力，產生時效激盪，發揮餘味無窮的感染力和吸引力。其實，微

型小說的創作框架在中國文學中早已出現過，像孟子、莊子、史記、世說新語、笑林廣記等經典之作中，就有許多篇章具今天微型小說的形式。若說微型小說古已有之亦不為過。

微型小說又名小小說，極短篇小說等，因其內容多離不開現實生活中的人與事，含蘊著強烈的時代氣氛，並能做到簡潔明快，紙短情長，餘味無窮，而深受作者與讀者的喜愛，成為當今文學園地裡的寵兒。

歐華的兄弟姐妹們從不畏懼嘗試任何新的文學品種，在歐洲這塊廣闊的文學沃土上，他們要留下豐富的華文文學成果。一九九一年在歐華作家協會的成立大會上，我曾致辭說：「歐華作協只是一棵小樹，這棵小樹在異鄉的土地上，植根成長、需要陽光與水份，也就是需要大家的努力灌溉耕耘。」近二十年的時間過去了，歐華的作家們一刻也沒停歇。那棵荏弱的小樹已長得樹幹茁壯挺立，根深柢固，滿樹鮮麗耀眼的繁花迎風招展。歐洲華文作家們將為歐洲華文文學史、乃至世界華文文學史，留下濃筆重墨的一章。

歐華作協創會會長暨永久榮譽會長

趙淑俠

二〇一〇年三月三十日於美國

繽紛多彩的歐華微型小說

在柳枝吐新芽，桃花綻蓓蕾的陽春三月，我收到了歐洲華文作家黃雨欣從德國發來的《歐洲華文作家微型小說選》電子版，當時的心情真的可以說是欣慰萬分，有一睹為快的想法。按我辦事的常規，我會馬上看稿，抓緊寫序，但那時，我剛從新西蘭奧克蘭參加大洋洲華文作家協會的研討會回國，出國十二天，公事私事積了一大堆，等著我回來處理，而且還有多件是很急的，耽誤不得，我恨不得生出三頭六臂，只好輕重緩急排一排，一件件來。我不算工作狂，也算比較勤快的吧，那些急的，該回覆的回覆，該寫的寫，忙了半個月，總算能緩一口氣了，為《歐洲華文微型小說選》寫序就放到了我的日程表上。

往年的三月，油菜花開了，桃花開了，正是一年景色最好的季節，今年氣候反常，有些料峭春寒，但我坐在電腦前，饒有興味地看著歐洲華文作家協會編輯的《歐洲華文作家微型小說選》，竟忘了時間，當我揉揉有點模糊的眼睛，敲敲有點酸疼的肩膀，抬頭一看時鐘，已過了吃晚飯的時候了，我這才戀戀不捨地關了電腦，腦子裡在思考：這篇代序的名字起什麼好呢？

我很欣賞這本集子的書名為《對窗六百八十格》，這使我想起了我去歐洲參觀教堂時看到的那些彩窗，往往分割成三角型的、菱形的、橄欖型的，有紅色的、有綠色的、有黃色的、有藍

色的、有紫色的，而且還有圖案，有花紋，讓人目不暇接，有美不勝收之感，特別是像我們來自中國，從小看慣佛教廟宇格局與道家道觀的裝飾的，由於東西方文化的差異，宗教文化的差異，感到反差特大，印象也就極深。記得我還特意拍攝了不少彩窗，彩窗的瑰麗，彩窗的多變，彩窗的神秘，多次地浮現在我的記憶裡，引我遐思萬千。

我注意到俞力工教授有一篇名為《六百八十四格新天地》作品，毋庸置疑，書名是從這篇小說變化而來的，六百八十四格，可以是實數，也可以是虛指，我的理解，作為書名，編者想表達的是在華人作家的視野裡，在華人作家的審美裡，歐洲是多彩多姿的，歐洲是各個不一的。中國佛教用語裡有「一花一世界，一葉一菩提」「一砂一世界，一花一天堂」的說法，如果套用的話，就是一格一視窗，一格一世界；在中國人的政治術語裡，「視窗」是個常用詞彙，是觀察世界的重要切入點；在這裡，彩窗就是中國作家藉以看歐洲、看世界的一個象徵，一格就是一隻眼睛，一格就是一種色彩，一格就是一個意蘊，一格就是一塊天地。不知我的這種聯想是否符合編者的原始想法？但我的代序名字由此衍生出來了，即〈繽紛多彩的歐華微型小說〉，這本歐洲華文作家協會的微型小說選，共收錄了一百一十七篇作品，十八萬字，我統計了一下，涉及到比利時、德國、瑞士、英國、西班牙、奧地利、俄羅斯、捷克、法國、荷蘭、土耳其、波蘭、丹麥等十三個國家的二十八位作家，最少的作家一篇，最多的作家十九篇，德國竟占了將近一半。

我翻閱了這些作品，發現以現實題材為主，以現實主義手法

為主；有第三人稱，也有第一人稱；有寫海外生活的，也有些大陸生活的；有以中國移民的視角看歐洲的，也有以外籍華人的視角看中國的，當然，也有不少作家已融入當地國主流社會，他們觀察生活，描寫世相，心情心態，價值判斷，已不再是游離於主流社會的邊緣人物，而是完全落地生根的狀態，儘管有所謂的「香蕉人」，但由於中華文化強大的凝聚力，這些華夏子孫，即便是第二代第三代，還是對中國，對漢文化有著揮之不去的情結，更不要說第一代新移民。中國的讀者，將會從這些作品中讀到濃郁的異國風情，讀到悲歡離合，讀到創業奮鬥，讀到心態歷程，讀到情愛浪漫，讀到他們對故鄉，對故國，對親人，對鄉人那種血濃於水的拳拳之心，還能讓中國的讀者多少瞭解他們在海外的生存狀態，他們的思想狀態，他們的拼搏，他們的艱辛，他們的追求，他們的理想，他們的喜怒哀樂，他們的發展趨勢。

據我瞭解，自上世紀九十年代以來，中國大陸編輯、出版過多套世界華文微型小說叢書，涉及海外的，比較多的有「東南亞卷」，有「台港澳卷」，雖然也有「歐洲卷」，可多數是洋人寫的微型小說，像德國的伯爾、法國的貝克特、莫里亞克、英國的高爾斯華、吉卜林、西班牙的塞拉、義大利的皮蘭德婁、瑞典的拉格維斯、挪威的比昂松、俄國的布寧等還是諾貝爾獎得主呢，更有中國讀者熟悉的世界一流作家，如法國的雨果、梅裏美、左拉、都德、莫泊桑；英國的毛姆、喬叟；奧地利的卡夫卡；俄國的屠格涅夫、列夫‧托爾斯泰、契科夫、赫爾岑、左琴科、高爾基等，二流三流的歐洲作家寫過微型小說的就更多了，就是沒有見過真正意義上的歐洲華文微型小說卷，這不能不說是個遺憾。而我多年來，一

直有主編一本《歐洲華文微型小說選》的心願，希望微型小說這種文體也能在歐洲華文作家中開花結果，只是機緣未到。

世界華文微型小說研究會是二〇〇一年在新加坡註冊，二〇〇二年在菲律賓召開成立大會的，多年來，德國的譚綠屏是唯一的歐洲理事。二〇〇八年第七屆世界華文微型小說研討會在上海召開，歐洲華文作家協會的會長俞力工教授與副會長朱文輝先生首次應邀參加，在這次的世界華文微型小說研究會理事會上，俞力工教授增補為理事。二〇〇九年五月，我與《小說界》副主編謝錦、《人民文學》事業發展部副主任趙智等一行五人，應邀去奧地利維也納參加了歐洲華文作家協會的年會，並與歐洲華文作家協會的作家一起遊覽了莫札特的故鄉薩爾斯堡，彼此熟了，我發現歐洲華文作家中還是有多位作家寫過微型小說的，只是以前沒有重視，沒有宣導而已。我提出能否編一本《歐洲華文微型小說選》，沒想到會長俞力工教授、副會長朱文輝文兄也有此意，可謂一拍即合。

朱文輝說幹就幹，很快策劃了方案，由德國的黃雨欣主編，由瑞士的黃世宜助編，立馬著手組稿，如果從二〇〇九年七月份算起，到二〇一〇年三月份交到我手裡，前前後後有八個月時間，組稿的艱辛與欣慰，黃雨欣已在〈主編感言〉中提及，不再贅述。我感到，這次《歐洲華文微型小說選》的組稿、編輯過程，實在是微型小說這種新文體在歐洲華文文壇的一次普及與推廣。我相信，《歐洲華文微型小說選》的編輯、出版，使得歐洲華文微型小說創作融入世界文學創作潮流，會在世界華文微型小說史上留下有意義的一筆，會在歐洲華文文壇留下一段美好的回

憶；我更相信，這本集子的出版，預示著歐洲華文微型小說創作
有了一個良好的開端，一定會帶動更多的歐洲華文作家去創作這
種短小精幹，適合時代發展的文體。

凌鼎年

二〇一〇年三月二十七日

於太倉先飛齋

拾歐洲之薪撰微短之文

　　這些年，微型小說，或稱小小說不脛而走，蔚然成風，而歐洲華文作家協會卻遲至今日悄然跟上，箇中原因純粹係客觀環境使然。

　　歐洲，從大西洋放眼望去，遠至烏拉山，縱橫萬里，不見華夏文化圈特有的「副刊文化」。當地報章雜誌間或出現「文訊」，其內容絕大多數涉及新書介紹，而所謂新書，也泰半為中、長篇所「壟斷」。至於散文、雜記、與副刊從不交集。甚至旅遊報導，也多為專業旅遊記者所囊括，而就其文體而言，與其說是文學雜記，不如稱為旅遊指南更加貼切。歐洲文學家固然不時推出近似海明威筆下的遊記，也大多可歸類為中、短篇報告文學，性質與微短差之千里。

　　歐華文協成員在如此文化氛圍感染下，自然難以調動撰寫微短的激情與神經。相反的，我們對微短走紅的新生現象，以及該文類的前途、遠景，甚至抱著一種觀望、懷疑態度。

　　去年（二〇〇九年）一月，本協會若干代表有幸參加第七屆上海「世界華文微型小說研討會」。經過數日的實地觀摩與切磋，我們驀地發現早已不自覺地自我邊緣化，非只長期以歐洲文化發展趨勢當作自己的座標，也長期對華文文學的包容性、靈活性、多樣化持著「西方歧見」。於是乎，與會代表當機立斷地向

同年五月份的歐華作協年會提出「向微短跟進」的倡議，大會也迅捷做出成立編輯組、推出一本微短文集處女作的大膽決定。

不言而喻，微短初試，難以迴避艱苦的陣痛。摸索中，編輯組也投入了大量的心血與精力。如今，面對著一百二十多篇電子稿，本人的心情無異於從頭到腳撫摸著初生的嬰兒。從召集到付梓，它的孕育期雖然僅僅是六個月，卻展現了歐華作協的積極參與，並由此表明我們對中華文化的認同與執著。我們身處歐洲十七個國家，卻胸懷華夏大地。

本人謹此代表所有歐華作協成員對編輯組的辛勞付出表示由衷感謝，也期盼各地方家對本文集的方方面面不吝加以斧正與鼓勵。

歐洲華文作家協會會長

俞力工

二〇一〇年三月三十日於維也納

一份答卷

　　歐華作協在二○○九年的維也納年會上作出出版微型小說的決定後，本人欣然擔當起編輯這部作品集的重任。會友們的信任和文輝大哥、世宜小妹的辛苦扶助，以及力工會長、永華、盛友二位大哥和彥明會友的及時監護，使編輯工作得以順利進行，在此表示衷心感謝！

　　平時見慣了會友們文風迥異的佳作，針砭時弊的犀利語言如見血封喉的利劍；抒情散文之華美如妙齡女子長袖善舞，走筆處無不留下幽幽暗香；更有寫遊記的高手，如行吟詩人般一路走來一路高歌，閱讀他們文章的同時，也隨作者領略了世界美景和風情。此外還有以寫作懸疑小說見長的資深作家，寫出戰地採訪筆記的潑辣女子以及童心永駐的溫婉大姐……

　　在編輯會友們的熱情投稿之初，面對一篇篇小笑話、詩歌、遊記或感懷，甚至還有幾千字的小說，我不禁啼笑皆非。眼前時常會浮現出一個滑稽的景象：一群術有專攻的武林高手們，一夜之間不得不放下使慣了的斧鉞劍戟，紛紛拿起陌生的短刀躑躅前行……那期間，編輯組的聯絡信箱異常活躍，大家常常就一篇文章的取捨改進激辯討論，書來信往各抒己見。隨著幾番回合交鋒下來，大家手中的短刀也使得虎虎生風得心應手了。忽然間，會友們有如神助，不知不覺地接納並掌握了微型

小說這種文體的寫作方式。有的會友甚至一發不可收，佳作紛遝而至。

　　短短六個月的時間裡，我由最初收到稿件時的無所適從，漸漸到一天見不到稿件就像沒吃飽飯一樣無精打采。越到後來，編輯工作對我來說越是一個享受的過程，一個學習的過程。讀著編著，有時我甚至忘了那些感性知性的文字是出自那些我熟知筆風的會友們，彷彿另一個不同以往的他和她，透過字裡行間向我微笑著走來。

　　這部微型小說既是我們協會的處女作，也是一部值得驕傲的作品，更是我們用心血與才華向讀者呈交的一份答卷。透過它們，讀者會感觸到我們立足歐洲，心懷華夏的赤子情懷。

本書執行主編

黃雨欣

二〇一〇年一月於德國柏林

作者簡介

趙淑俠

　　曾任美術設計師、旅居歐洲三十餘年後移民美國。自1970年代開始專業寫作，出版作品三十餘種，其中有三本德語譯本小說《夢痕》、《翡翠戒指》、《我們的歌》。1991年，「歐洲華文作家協會」經過趙淑俠一年的奔走籌畫，在法國巴黎成立。是為歐洲有華僑史九十年以來，第一個全歐性的文學團體。趙淑俠被選為首任會長，至今是永久榮譽會長。2002年到2006年，趙淑俠為「海外華文女作家協會」副會長，會長。1980年獲台灣中國文藝協會小說創作獎，1991年獲中山文藝小說創作獎。2008年獲「世界華文作家協會終身成就獎」。

凌鼎年

　　中國作家協會會員、世界華文微型小說研究會秘書長、《文學報‧手機小說報》執行主編、江蘇省作家協會微型小說工作委員會副主任、江蘇省微型小說研究會會長、太倉市作協主席，美國汪曾祺小小說獎評委、香港世界中學生華文微型小說大獎賽總顧問、終審評委。

郭鳳西

　　出生在溫馨開明的眷村家庭。父親郭岐是抗日將領。初中讀北一女，高中北商，大學是文大商學系，在校結識講師黃志鵬君，先後到比利時進修並成婚。二女衣玄、衣藍相繼出世。兩人胼手胝足在比利時建立美滿家庭，倏忽之間已卅多年。其間拿學位、開飯店、進出口貿易公司、珠寶店、都算順利成功。現已退休在家，整天遊山玩水渡日。鳳西性情活潑開朗，興趣廣泛，愛交朋友、旅行、文藝活動，並經營了一個井井有條、溫暖可愛的家。多年來在勤於閱讀之餘，也興之所至地寫作，著作《旅比書簡》、《黃金年代的震撼歲月》、《歐洲剪影》並曾得中央日報創作獎。現任歐洲華文作家協會秘書長、比利時比京長青會會長、比利時中山學校校長。

謝盛友

一九五八年出生於海南島文昌縣。中山大學德國語言文學專業學士（一九八三），德國班貝格大學新聞學碩士（一九九三），一九九三～一九九六在德國埃爾蘭根大學進行西方法制史研究。著有隨筆集：《微言德國》、《人在德國》、《感受德國》、《老闆心得》、《故鄉明月》。一九九四年榮獲臺灣中央日報徵文首獎(《中國人的代價》)。現任歐洲《European Chinese News》出版人，華友集團總裁，歐洲華文作家協會副會長，德國班貝格大學企業文化專業客座教授。

中國大陸天益網專欄作家，臺灣大眾時代網駐站寫手，海外萬維讀者網專欄作家，中國報導週刊專欄作家，《百家爭鳴》專欄作家，《醒客評論》專欄作家，文學城《謝盛友文集》主持人。《海外校園》歐洲版同工。

麥勝梅

國立臺灣師範大學教育學士，德國阿亨理工大學社會學碩士。曾任海外華文女作家協會秘書，威茲拉市成人教育中文講師，威茲拉市立博物館解說員。現任歐洲華文作家協會副秘書，德國聯邦政府翻譯員，著有《千山萬水話德國》，主編《歐洲華文作家文選》。

黃雨欣

一九六六年出生。畢業於吉林大學醫學院，曾就職於吉林大學經濟管理學院，自一九九二年末遊歷歐洲，現定居德國柏林。一九九四年開始發表作品，至今已在國內外各大中文報刊雜誌發表文章數百篇，題材內容涉獵廣泛，一些文章曾被國內知名媒體和網站廣泛轉載。已出版著作有散文集《菩提雨》、《360分多面人》、《歐風亞韻》和小說集《人在天涯》。現為歐洲華文作家協會理事、中國微型小說家協會、海外華文女作家協會會員。二〇〇五年在柏林創辦雨欣中文學校，傳播中國文化之餘喜歡寄情山水、博覽雜書、觀摩大片以及看肥皂劇。

穆紫荊

原名李晶。一九六二年生於上海。一九八四年於上海復旦大學中文系畢業後就職於中國作家協會上海分會。一九八七年到德國波鴻‧魯爾大學東亞系任教授助理三年。現為德國黑森州君子中文學校教師。自九十年代中期開始寫作，作品見諸於上海文學報、上海新民晚報、上海海上文壇、美國星島日報、歐洲歐華導報和歐洲本月刊等華文報刊。筆觸專注於海外華人的生活與心境。現為歐洲華文作家協會會員和世界華文小小說協會會員。

高蓓明

一九五九年生於上海，一九八二年畢業於華東理工大學藥物專業，後在上海油脂研究所工作。一九八九年前往日本研修日語，一九九〇年底轉往德國。在德期間攻讀了外貿專業，並在一些企業短期工作。業餘時間完成了臺灣中華函授學校的文學課程和海外學人培訓網的神學課程。閒來喜歡旅遊，舞文弄筆。目前定居於德國R市。

黃鶴昇

天涯海角（海南）淪落人，德國巴伐利亞國王領域居民。文壇三無人員：無學歷、無頭銜、無所稱謂的遊民寫手。著有短篇小說集《圈圈怪誕》、論著《通往天人合一之路》及《孔孟之道判釋》三書。後兩論著均獲得臺灣僑聯總會文化基金會人文科學論著佳作獎。其他作品散見港、台等海外中文報刊。

譚綠屏

漢堡藝術家，南京市美協、江蘇省花鳥畫研究會海外會員，漢堡文化藝術協會「萬象更新」（Alleswirdschoen）名譽主席，德中文化交流協會會長，長期被慈濟功德會漢堡分會邀約撰寫報導。世界微型小說研究會歐洲理事。

于采薇

　　女，1952年次，臺灣北投出生長大。已定居柏林二十多年,目前在旅行社工作。

王雙秀

　　臺灣台中出生。臺灣文化大學德文系畢業，曾任德文系助教，於一九七七年底留學德國，在漢堡大學西洋藝術史專業研習到博士班。從事過的事業有：進出口貿易，歐式觀光旅遊精品商店，近年半退休狀態中仍繼續擔任顧問諮詢的專案工作。合作過的夥伴有德國奈米科技展組展國際集團，協助展會招商。臺灣風力發電產業聯誼會顧問，協助推動臺灣風力發電產業，協助臺灣數字遊戲產業廠商開拓歐洲市場等。創作是興趣，喜作散文、雜文與學術評論文類。網路世紀啟動以來，開啟了網際書寫，一九九九～二〇〇九年十年中累積文字可觀，但無確定主題與方向，在下一個十年中，期盼重新哨鹿起身，開地千里完成整理出書。

丘彥明

　　原籍福建上杭，生於臺灣，現居荷蘭。臺灣政治大學新聞研究所碩士、比利時布魯塞爾皇家藝術學院油畫系肄業。曾任臺灣中國時報記者、編輯，聯合報副刊編輯，聯合文學雜誌總編輯等。1987年獲臺灣新聞局金鼎獎最佳雜誌編輯獎。著作《人情之美》、《浮生悠悠》、《家住聖‧安哈塔村》、《荷蘭牧歌》、《踏尋梵谷的足跡》、《翻開梵谷的時代》等書。主編《在歐洲天空下──歐洲華文作家文選》。《浮生悠悠》2000年獲聯合報十大好書獎及中國時報十大好書獎。繪畫作品曾在荷蘭、比利時、臺北舉辦個展並參加聯展。

目　次

他

比利時　鳳西

　　那一天忽然接到他的電話，十年了沒有他們的消息，自從九年前接到以良中風的消息，接著就是這長長的沉默。

　　「鳳西，以良前天去了。」

　　「啊！怎麼發生的？我一年前就該聯絡你們，你大哥去年四月因肝癌走了。」

　　「哦，現在就剩下我和妳了。」

　　「真的。」

　　「我下個月來看妳，保重啊。」

　　放下話筒，我凝望著窗外風吹動剛發的葉芽，眼淚兩行。

　　幾天後我收到他寄給我的信，信裡沒有別的，只是一首他為亡妻寫的一首詩：

　　　　四十年相知，生活中的真摯

　　　　三十年扶倚，廚房裡的紅火

　　　　十年的堅持，輪椅上的沉默

　　　　我相信，你累了

因為我知道，我累了

別了，以良。在彼岸你還會一如以往的關注著我

別了，以良，我的妻

　　大約四十年前，我們兩家是比京[1]聖心女中對面一座小樓的上下鄰居，以良有一雙亮亮的眼睛，有才氣，是俠女，他高高的，有一份安然信心的自在。我們相處得像一家人。

　　廿五年前，他們一對江湖散人去了加拿大，在那冬天冷到零下三十度的凍原，開飯店，為那裡的人們點上一支溫暖的火把，定居下來。每隔三至五年我們見次面。

　　是的，「將來」那曾經擁抱著憧憬的未來，對我們這些折翅的雁，不再鮮明如昔。

　　到機場接他，是我開刀後第一次開長途，而他所剩不多的頭髮一半白了，到停車場，他點著一支煙。

　　「別在我家抽煙，我對煙敏感。」

　　「我知道。」

　　仍舊是多少年前的自在。

　　過了一星期，他在比京的老朋友也多，夠忙的。好不容易有一天空閒，去海邊走走，藍天、白雲、海鷗、長堤，走在沙灘上，有很久沒有的放鬆，舒散。

---

[1] 比京，即比利時首都布魯塞爾。

回來路上，我們溜下火車，拜訪Brugge古城，坐船遊兩岸古建築林立的運河，沉澱在懷古的情懷中，遐想歲月。

　　當天吃過晚飯，他一本正經的說以後要和我一起過日子。

　　「為什麼我？」

　　「弱水三千只取一瓢，」「我們都是六十多歲的人了，不能隨便做決定，因為我們沒法重新再來，要多想想，有人陪著過晚年多幸福，但如合不來就非常麻煩。」

　　於是他走了，回到生活卅多年，開過四家飯店，為侍候半身不遂老妻九年凍原上的家，他來信說「年底我將再來，帶著健康的身體和有利的條件，來追求妳，在妳附近照顧妳，做妳的好朋友為妳解憂，誰說年紀大了就什麼都不能做了。」

　　還是那份安然的自信，人生之無常誰能把握，故事的結尾誰能預料，隨緣吧！

醬缸

德國　謝盛友

　　四月二十八日夜晚，柏楊做了一個惡夢，夢醒了起來，已經是凌晨，發現自己變成了一個醬缸。怎麼搞的？我怎麼變成了一個醬缸！這麼硬，這麼沉重！幸虧天還沒有亮，還沒有人看見我，人家看見我這醜陋的樣子，會把人嚇死的。

　　太陽終歸要升起的，別人終歸會看見我的。醬缸準備好了思想，使勁地把身體往外挪動，很艱難，因為自身太重。醬缸計畫移動自己到院子裡的大樹底下，找個地方躲避起來，不讓人家看見。醬缸非常艱難地一步一步往外移，滿身大汗，把自己累得不成樣子，使得樣子更加醜陋。

　　「窮人多算命，醜人多照鏡。」醬缸現在是很醜，但是，醬缸沒有時間照鏡，得趕緊找個地方躲避起來。

　　土看見醬缸難堪的樣子，覺得醬缸更加醜陋，土更加厭惡醬缸。土說：「我怎麼會喜歡你？你這麼醜陋，還要牽強地加上一個定語。確切地說，是人都醜陋！」

醬缸聽到了土話，心中暗喜：幸虧昨夜惡夢，起來變成了醬缸。是人就醜陋，我現在是醬缸了，我不醜陋了，也不用害怕人嘲笑我醜陋了。醬缸希望，醬缸哪天會自己變得漂亮起來。

「哪有這麼厚臉皮的，醜陋得簡直不要臉！」土繼續發土話：「木，你過來，幫我把這個醬缸埋起來，我一看見這醬缸就討厭！」

木很聽話，真的很順從，過來企圖與土合力把醬缸搬走。「哎呀！醬缸這麼重？太沉重了！」土木異口同聲。

搬不動，請求金合力。「奇怪！一個小小的醬缸，怎麼會這麼沉重？我們三個人都搬不動！三人行，必有我師。現在三個人變成了三個和尚，沒水喝。對！我們得找水，讓水把醬缸沖掉！」

水來了，變成大大的潮，可是沒有衝動醬缸一根毫毛。醬缸太重太大。無奈中，四人聯合起來找火。對！讓火乾脆把醬缸燃燒掉，燃燒成灰，送給胡適。醬缸我們不要，醬缸是醬缸，哪怕燃燒成灰，還是醬缸，送給胡適好了，這是胡適的發明。

火發功，越燒越旺，土、木、金、水站在旁邊助威，加油「我就不信，今夜不把醬缸燒成灰！」土、木、金、水異口同聲。

火果然越燒越劇烈，把醬缸燒得劈裡啪啦爆響。

「加油！把醬缸燒死！」

「加油！把醬缸燒成灰！」

火一直不停地燃燒到深夜，醬缸沒做任何反抗。土、木、金、水加油累了，覺得快大功告成時，迷迷糊糊回去上床睡覺，讓火繼續在那裡燃燒，期待明天起來看到一堆灰。

第二天早晨，土、木、金、水、火發現：醬缸與昨天一樣，只是比昨天更黑。

寫于柏楊先生
逝世一周年紀念日

不高興先生

德國　謝盛友

　　春天來了，大家都聽到春天的腳步聲，健步走入校園，個個滿臉笑容。

　　上課的鐘聲響了，大家進入課室，今天語文課，老師講課，學生聽課。阿明與其他同學一樣，剛開始時聽得津津有味，語文課不能進入狀態，一進入心情狀態，同學們的心情就不好過。

　　阿明平時是一個很規矩的小孩，讀書成績一直優秀，只是他太邋遢，穿的衣服也很髒，經常被同學們看不起，沒有人願意跟他同坐一張桌子，人家怕乾淨的衣服被阿明的骯髒弄髒。阿明被孤立，所以阿明不高興。

　　阿明覺得人家看不起他，他更加發奮讀書。後來考試成績越來越好，同班同學更加看不起他，阿明就更加不高興。

　　阿明的不高興，被班主任察覺到了，班主任想辦法救這個小孩，至少不讓不高興繼續發酵。

　　星期一上課，班主任看到阿明還是不高興的樣子，說：「阿明，你今天不高興，我今天在牆上打一枚釘子。」我不高興，你打釘子，關我什麼事？阿明心裡這樣想。

星期二上課，班主任看到阿明還是不高興的樣子，說：「阿明，你今天不高興，我今天在牆上再打一枚釘子。」

　　星期三上課，班主任看到阿明還是不高興的樣子，說：「阿明，你今天不高興，我今天在牆上再打一枚釘子。」

＊　　　　＊　　　　＊

　　牆角裡釘滿了釘子，班長問老師：「班主任，您什麼時候把這些釘子拔掉？」

　　班主任回答：「阿明高興一天，我拔掉一枚釘子。」

　　全班同學都不願意看到釘子，班長給每個同學佈置了一個任務，大家輪流值班，輪流逗樂阿明，只要阿明高興一天，班主任就會拔掉一枚釘子。其實大家並非關心阿明高興與否，大家在意的是釘子，大家不願意看到釘子，每天看到釘子，心情就不好。

　　感謝大家的努力，感謝阿明，感謝大家都不願意看到釘子。

　　第一天，班主任看到阿明開心，拔掉一枚釘子。

　　第二天，班主任再次看到阿明開心，再次拔掉一枚釘子。

　　第三天，班主任再次看到阿明開心，再次拔掉一枚釘子。

＊　　　　＊　　　　＊

　　當牆角的釘子拔完了，全班同學也畢業了，大家看看牆角，那裡沒有釘子了，大家很高興。每個人都有一種滿足感，都擁

有一種成就感。但是，每枚釘子被拔後，留下一個洞，每枚釘子留下一個很深很深的痕跡。

班長突然間問班主任：「老師，您什麼時候補洞？」

老師沒有直接回答，只是說：「這裡曾經是你們的學校課堂，我一直在努力，希望你們高高興興地進來，高高興興地出去。畢業後走入社會課堂，不要進入醫院也不要進入法院。」

阿明走入社會，工作生活還是比較順利的。開始談戀愛，女朋友長得很漂亮，彼此相愛很深。一個星期日，在湖邊休閒，夕陽斜照，他們相互依偎，好不親密。他們談論未來計畫，阿明說：「娟，我要給你買人壽保險。」

「為什麼？」

「如果你遇到萬一，比如傷殘了、死亡了，我可以拿到一筆錢。」

「你不能這樣說話！這樣說，我不高興！」

阿娟後來真的不高興地與阿明拜拜。

班長中彩，贏了一百多萬，買了一棟房子，請全班同學聚會敘舊。全班同學集資買了一部彩色電視，送給老班長。八月八日，大家聚會一起看奧運開幕式。

那個班裡的人，有些拖兒帶女，有些已經當了爺爺奶奶外公外婆，大家好不容易聚在一起，當然很開心。當年是小孩的阿明，如今已經六十花甲。聚會中，大家得知阿明仍然未婚，孤身寡人，個個為他著急。大家都想知道，到底什麼原因促使阿明一直未婚。大家都想為他找個伴。

班長：「阿明，你到底說說，你的條件是什麼，說出來，我們大家好幫幫你！」

　　「你不能這樣說話！這樣說，我不高興！」一直沉默的阿明，說了聚會中第一句話和最後的一句話。

　　聚會不歡而散。

有期徒刑

德國 謝盛友

他，一個嶺南學子，很黑很黑的皮膚，標準的南方人，長相太一般，一般得無法找到形容詞來描述。他給人的印象就是黑。

大學畢業後，他到蛇口當記者，後來創辦蛇口導報。他的報紙喜歡與別的不一樣，追求與人不一樣，第一次報導：慈禧太后宣佈要退休！

報館被關閉，他被判有期徒刑三年。從山上下來，三十多歲的他一夜之間變成無業遊民。

不久後，他到峨眉山，自己辦起一個書店，經營賣書的行當。在峨眉山賣書生意還可以，至少可以維生，經常遇到各路來客，這就是不同的經歷，比在自己的編輯部好。在編輯部裡只能讀到好文章，看不到好人。他甚至感激那三年的有期徒刑，不然不會有賣書的今天，不然沒有緣分認識這麼多的生人。生人變熟人，熟人變朋友，朋友變知心。知心者好思考，愛論證，樂於表達。

深夜，大風暴，毀了社會眾牆，刮倒他的書店，這回沒有出賣慈禧，但是，他害怕了，至少擔心，擔心再次被監禁三

年。人生沒有多少個三年。他是無所謂的，沒有志氣，就喜歡思考，發表東西，可憐的是他的媽媽，中年喪夫，好不容易才把他拉扯長大成人，而且他爸爸是獨子，他媽媽也就這根獨苗。他是最不聽話的人，至少最不聽媽媽的話。三十多歲的男人，不孝，不聽話，不肯娶老婆生小孩，違反媽媽的心願，而且到處發表文章惹禍，令媽媽坐睡不安。他自己也承認，他是一個不孝子。

這回他要遠走高飛，離開媽媽，去哪裡？不知道！自己只知道一個詞：流浪。留給媽媽只有一個禮物：牽掛！

他流浪到緬甸，誤入軍營，被捕。緬甸軍人要他吃大便，他吃大便。緬甸軍人要他打人，他打自己。傍晚，他看見緬甸軍人挖坑，把俘虜活活地埋。深夜，他做惡夢，夢見有人含冤：「來人呀！救命呀！我沒罪！不要活埋我！」

一整夜他不敢再睡覺，生怕來了緬甸軍人，把他給活埋。

好不容易熬到天亮，來了一個緬甸軍官，看他文質彬彬，不像壞人，軍官用英文問他，用英文與他聊天。軍官一下子對他生好感，軍官提拔他當教官。一個文人墨客，一夜之間也可以在軍隊裡耀武揚威，他不感謝軍官，感謝當年讀書勞動時，還不忘背記的那些英語單詞。世界真的很小，軍官的爺爺竟然與他同鄉，這回軍官不用跟他講英文，講家鄉話，軍官不普通，他只懂家鄉方言。

軍官告訴他，此地不留人。在軍官的安排下，他到達泰國，在國際難民總署的接待下，他成了被接納的國際難民。

在那次抗暴紀念會上她第一次認識了他，再過一個星期從報

紙上，她得到他的消息，他飛香港準備見對方，結果沒有簽證，原機返回。

她是洋人，長得非常標緻，據說是王子國的葡萄小姐，才女大學沒有畢業就下嫁給他，而且願意陪伴他一起經營餐館。旁人不敢相信自己的耳朵和眼睛，這麼好的洋人才女，怎麼會甘心做一個土家黑人的媳婦？

他不會開車，餐館裡很多事情都要他老婆開車出去辦理。家鄉人來了，他命令他老婆當司機加導遊。坐在車子裡，有人問他老婆，為什麼會喜歡他，他不懂幹活。

他老婆說：「我懂幹活，我喜歡他的腦袋！」

可是，他的腦袋喜歡上了王子的夢幻世界，所以紮根，把這棟房子全買了下來，樓上當旅館，樓下當餐館，貸款分三十年還清，每月支付六千元。他四十歲，也就說他七十歲才還清貸款。

她第二次認識他時，在餐館。他老婆問他：「你在廁所裡寫了什麼？」

他：「來也沖沖，去也沖沖！」

她：「還有呢？」

他：「請坐！不要蹲在馬桶上拉大便！」

一路上他老婆給家鄉人講故事，不是他的故事，是王子的故事：

華格納在信中提到希望在前高地城堡的古堡廢墟上建築一座中世紀的騎士城堡。王子從未想讓新堡公諸於眾，在王子看來寧願將此堡毀壞，也不能讓它失去其神秘魅力。但是在王子死後六

個星期，城堡對外開放，並在旺季（六月到八月）接待每天達五千人。

新堡的外型激發了許多現代童話城堡的靈感。這座洋溢著浪漫氣息的城堡結合了拜占庭式建築和哥德式建築的特色，實在是只能出現於童話世界之中。

王子被政府宣佈為精神失常且已經無法處理公務。王子企圖向公眾傳達以下資訊：柳特波德親王在違背國王意願的情況下擅自攝政，是要篡權。……這些話被刊登在一份報紙上。但是政府截獲了報紙，並禁止其發行。王子給其他報紙和朋友發的電報也大都被截獲。

王子的去世原因至今成為一個謎。王子溺死於施塔恩貝格湖，官方報告說是自殺，但屍體被發現的地方的水只有齊腰深。驗屍報告暗示，在他的肺中沒有進水。許多人懷疑，王子是被人謀殺。

＊　　　　＊　　　　＊

她第三次認識他時，是聽他十二歲的兒子鋼琴演奏華格納的《尼布龍根指環》，他不會開車，他老婆再次充當司機兼導遊。

一路上他老婆給家鄉人講故事，不是王子的故事，是他的故事：

她前年帶兒子回去，儘管他不能回去，但是，他媽媽看到兒媳婦孫子就很高興，高興得說不出話。「怎麼我不聽話的兒子，找了一個不懂話的媳婦，生了一個不會說話的孫子！」

稀里嘩啦，劈里啪啦，婆媳孫三代同堂，不知道說的是什麼。

　　問他：「每次作家協會開會，你怎麼不來？」

　　他答：「每月六千元的壓力，能關門走人嗎？」

　　故事還沒有講完，頒獎開始，他兒子榮獲鋼琴演奏首獎。

　　在場的個個興高采烈，個個流淚。

　　「怎麼樣？下個目標？」

　　「再熬三十年，造就下一個華格納，再苦再累，我們也心甘情願！」他夫婦異口同聲。

影子

德國　謝盛友

　　週末，二奶在陽臺上用完早餐，在那裡等待高官起床。為什麼睡這麼久？二奶看一下錶，已經午後一點，太陽照到陽臺上，二奶感覺到身體暖暖的。男人辦那事後，身體應該是很累的，就讓他再睡一會兒吧。想到這裡，想到高官昨夜的亢進瘋狂，瘋狂亢進，二奶全身頓時如電流通過，心裡甜滋滋的。對，不能打擾他，讓他繼續睡覺，繼續打呼嚕。

　　太陽開始斜下去了，高官起身，二奶前去擁抱，「哈尼！快！過來用餐。我來餵你。」

　　高官看著自己的甜心，一手拿著咖啡，一手愛撫二奶的臉蛋，好像昨夜沒有吃飽似的。

　　二奶站立起來，準備到廚房給高官做第二道菜，高官目賞二奶漫步時優美苗條的身材，陽光斜照，高官突然發現，驚呼：「甜心，你的影子沒有了！」

　　二奶回過頭來看一看，真的發現自己在太陽底下影子沒有了。她心裡想，我怎麼沒影子了呢？人為什麼有影子？為什麼要

有影子？我還真的沒想過這個問題。沒有了影子，會怎麼樣呢？這個問題恐怕今後天天要面對，要繼續思考。

高官用餐完後，擁抱著二奶，甜甜蜜蜜地安慰二奶說道：「甜心，不怕！我就是你的影子，從今天開始，我們真正形影不離！」話畢高官駕車出去，說是有應酬，不得不在場。

高官走後，二奶覺得一人挺無聊，於是決定上街逛街購物消費。在梳粧檯前打扮後，戴上墨鏡，駕駛寶馬，開路。在南京東路泊車場停車後，二奶走出車庫，從東往西走，太陽西斜照耀，突然間有男士把她攔住：「小姐！您把您的影子丟失了！」

二奶突然才想起來，自己沒有了影子。既然沒有了影子，本不應該出門，更不應該在陽光下出門。二奶一下子感到驚訝感到害怕，頓時覺得無地自容。還好，對面有林蔭道，趕緊跑到對面，在樹蔭底下，沒有人會發覺我沒有影子，二奶邊想著，邊快速跑到對面。

在馬路中間時，眾人千手指著二奶，好奇地大聲驚呼：「你們看，她沒有影子，卻在那裡亂跑！」二奶跑到林蔭下，先躲避起來，至少先跟別人一樣，自己在樹蔭底下沒有影子，別人在樹蔭底下也沒有影子。

躲避時，二奶責怪自己不應該出來，她內心暗暗地祈禱，趕快變天趕快陰暗趕快打雷趕快下雨。我沒有影子，我要趕緊回家。家，那是丟失影子者最安全的地方。

北京樓

德國　謝盛友

　　大約是下午一點鐘的時候，陽光很好，但天氣不太熱，王莉，先站在橋邊，觀賞河裡遊玩的鴨子，然後，她一個人在街上來回地巡遊，像一尾小魚，不慌不忙且動作緩慢，實因心中有事，睡眠不佳，肚子也餓，人有些暈眩，凝聚了虛汗珠子。德國的星期天，街上行人真少，只是偶爾馬路上有輛汽車駛過。她一個人，不看汽車，氣勢微弱地一步又一步往前找，尋找她的目標。

　　莉的小腿細長，雙胸有樣，現在的男人最喜歡這種女子。但是，莉緊緊地套著牛仔褲，腿的粗細優劣，別人很難看見。只緣褲子合身，顯現豐滿的臀部。她在「北京樓」駐足很久，不停地端詳，在這樓的前面，莉走過了兩三回。這個城市不大不小，五萬人口，這是莉從大學的介紹中看到後而獲知的。她大前天才到達，下榻旅館，在市政府和大學裡辦好手續後，莉不停地在外頭走動，她沒有汽車，也沒有自行車，初來乍到，步行是最保險的，在大街上，第一次有中文字映入她的眼簾時，她，可以說是心花怒放。「北京樓」，該是家鄉人開的吧，今

天，莉下定決心要進去。

「您好！」京腔王莉，說話喜歡帶顆心，她跟店裡的跑堂打招呼。

莉並不仔細看跑堂，這樣四十多歲的人，嫌老，而且頭部有些禿頂。三天沒米飯吃了，哪有心事挑剔男人？太餓了，莉決定在店裡買些東西吃。

店面沒什麼特別裝修，無中國特色，只是門口寫了「北京樓」三個字，窗邊掛了幾個紅燈籠。

莉點了一個蝦仁炒飯，十二馬克。「要喝什麼嗎？」「蘋果汁。」再加三馬克。莉這時才發現，這店裡跑堂酒吧只有他一個人。

「一個人呀？」

「苦命啊，誰會來幫我？」

莉頓喜，覺得「誰會來幫我」這聲音很入耳，聽了舒服。目標更明確。

吃完飯後，跑堂收走碗碟，莉伸手入褲袋，做出掏摸狀，紅著臉：「忘記帶錢，只有十二馬克，下午給您送來三馬克。」

跑堂說：「沒關係！」然後忙著招呼別的客人去了。

莉站立起來，道謝，講定了，傍晚一定來補交錢，那三個馬克。

走之前，莉使用店裡的廁所，鏡子映照出她的臉蛋，「配個跑堂，賠本了吧？」不過先解決住的問題，這睡覺的問題，太重要了。她憋住十秒鐘的氣，臉又紅了起來，略抿嘴唇，一個含羞的笑便出現了。

莉果真又來了，選定一個位置坐下，望了忙累半天、臉色沒油光但頭頂油光的跑堂，他的眉毛都花暈了，一個人在外，也真夠他忙的。

　　「哎喲，您這是幹什麼呀！」跑堂喜歡學王莉說「您」，說中國話帶「心」，過癮。

　　莉遞上三個馬克，然後臉紅，憋氣，抿嘴，含羞地笑。店裡還沒有其他客人，跑堂清楚地看到了莉美美的含羞一笑。

　　「一個人忙啦，您太太呢？」這麼快就攻上中央。

　　「離婚了，都快五年了，苦命呀！誰會來幫我？」

　　「有小孩嗎？」

　　「小孩都跟著他們的媽媽跑了。」

　　兩人像親朋好友一樣聊了起來。跑堂因平時忙，難得有人與他言語，再說，他的德文也不太好，跟德國人聊天，尚有一定的困難，所以，碰到講中國話者，跑堂只要有空，就想聊聊。他淋漓盡致地問了一大堆，當然也問莉的一些情況。剛來的留學生，北京人，連房租都付不起，急著找地方住。

　　「我說真的，如果供住，我晚上給您洗碗。」

　　兩個人都笑，一個莫名其妙地笑，一個靦腆含羞地笑，一個紅著臉，一個欣賞著紅臉。笑了很久，之後，兩人的面孔都嚴肅了起來。

　　「這店，您也看到了，生意就這麼一點，晚上睡覺嘛，樓上倒是有一間房子空著。」

　　莉的一顆心樂壞了。真乾脆，一下子把住的問題解決了。莉道謝，當然紅著臉。

當天晚上，莉就退了旅館，把行李全都搬到店裡來了。

晚上七八點鐘，有些生意，老闆一邊口教手授，一邊喜不自禁地有點慌亂的模樣，直至看到莉端出酒水的姿勢，像那麼回事，還勝過那麼回事，更是喜形於色，笑顏逐開！這麼好的女大學生，年紀輕輕的！老闆現在才發現，莉已經換了一件黑色長裙子，不再著那牛仔褲了。

快收工了，老闆端來飯菜，命令說，不可不吃，還告訴莉：我們店裡的辣椒醬多好吃多好吃。然後把辣椒醬放到切好的烤鴨旁邊，推到莉的跟前。上等的服務！

廚房的夥計，上樓回房間睡覺了。關門了，老闆說歡迎您來我們店裡工作，一起到隔壁義大利酒店喝點什麼。

莉立刻說：「那怎行？」莉這樣說，當然有她自己的算盤，比說「行」還行，還更加吸引對方。

喝法國白蘭地，莉真的大樂。

「老闆，乾杯！……」

「不要喊我老闆，我還沒老。」老闆瞧視著莉，眼裡的樣子很風流。

「老闆！……」

「什麼？」

「老闆？」

「什麼！……」

酒的力量也真巨大，兩人笑得很狠心。他拍對方的胳膊，拍對方的臀部。

「您別這樣動作，人家看了還誤會您。」

「誤會我又怎樣？」

「誤會您要釣我，誤會您要釣我。」

「我喜歡淡妝的女人。」

「哎喲，您喜歡女人！您還喜歡淡妝的女人。」

「我喜歡穿黑色裙子的女人，我喜歡穿黑色裙子的女人。」

「我不是淡妝的女人，我不是淡妝的女人。」

「您是穿黑色裙子的女人，您是穿黑色裙子的女人。」

「老闆，不。」

老闆的臉色緊了起來，不高興的樣子，招呼義大利跑堂，要埋單！

她已經迷糊，他已經醉呼呼的。她一直在勸老闆喝，後來覺得是老闆在灌她喝，兩個人的酒量都不怎麼樣。女人總是這樣，既想要，又要守節，就是那狗屁貞操！老闆睡過的女人都這樣。有些膽小如鼠，就說以前的馬來酒吧妹，替他幹活幹了很久，從不見她抬頭看他一眼，但他一使用，很順利。

這個王莉是什麼樣的女子？

兩個人醉言醉語，你依著我，我靠著你，摸索著往自己的店裡回去。

「我替您開門，您喝多了。」

「喝多了，怎麼樣？喝多了，怎麼樣？」

「人喝醉了，話至少講兩遍。」老闆說，「就這樣，就這樣。」兩隻大手伸進去，摸莉的胸部，探個高低。這時的王莉，每話也重複兩遍，「您要幹什麼？您要幹什麼？」扭動臀部，做掙扎狀，在老闆的壓迫下掙扎。兩個人的酒味薰在一

起。莉的舌頭舔著老闆的嘴唇，觸老闆癢了起來，老闆一手撫摸……

她圖他什麼呢？圖他比她大將近二十歲？當然不是，有個地方睡，還有地方吃飯？他呢？每天只讓她晚上七點至八點，店裡最忙的時候幫忙倒酒，一個小時十馬克，而且這個小時裡的小費，全歸她。只要她不走，也許哪天，他真的釣到她。只要她不走，他就有希望。

一天，她臉紅紅羞臊臊地問他借錢，他的心一下子痛了起來。麗莎不就這樣走了的嗎？麗莎說帶著一萬馬克去幫他買二手車，人車無影，錢本無歸，心痛那錢！他斬釘截鐵：錢不借，只要您不走，我什麼都給！

醫生

德國　謝盛友

　　醫生有三個朋友，一個是記者，一個是地質，一個殺豬。他們都是鄉下時同班同學，恢復高考後又同時考進一所大學。醫生由於在鄉下時當過赤腳醫生，所以報醫療系，其他同鄉同乘一條船，進入嶺南大學。記者讀中文系，地質當然是讀地質專業。

　　為什麼叫殺豬呢？因為在鄉下時，每年過節他幫鄉親殺豬，時間久了，人們竟然忘記他的真名，或者不願意叫他的真名，喜歡叫他殺豬。因為人們一想到殺豬，就想到會有肉吃。

　　這些人讀大學時，都上有老下有小，畢業後不得不回家。醫生在公社醫院裡當醫生。殺豬在公社食品站當站長，地質在公社中學當老師，記者在公社文化報當「校長兼打鐘」。

　　醫生人特別好，憨厚、善良、簡樸，而且非常正直，據說醫生拉的大便，出來時也是直的。他們四個人當中，殺豬最早結婚。那時候，家窮，社會窮，會殺豬者當然是大富家庭，油水足，三百里以外的姑娘都追趕著要嫁給他。

　　殺豬小孩滿月時，擺設滿月酒。記者前來祝賀：「哇！大頭大腦，眼睛放電，將來肯定是一位大作家！恭喜！恭喜！」

地質：「胡說！看寶寶的手，他將來肯定會抓大錢！恭喜！恭喜！」

醫生：「你們都很虛偽，這小孩將來肯定生病！」

醫生這麼一說，大家滿月酒不用喝了，不歡而散。醫生內心知道，他不是第一次得罪人，更不是最後一次得罪人。不能說醫生說話沒有水準。醫生在退休前感嘆：「這年頭，做好事壞人罵；做壞事好人罵；不做事誰都罵！」這句話廣泛流傳於社會，被十六萬億手機簡訊傳播。

這似乎是醫生一生的感悟，醫生一生做了很多他不應該做的事，做不到他一生應該做的很多事。

家鄉貧困，為了生活，很多農家子弟到醫院賣血，賺血汗錢。抽的血越來越多，家鄉人的錢卻越來越少。

有一天，鄉下一個姑娘來看病，發高燒，病看完了，人也完了，姑娘回不去了。再過一個星期，又來一個小夥子，同樣的命運。後來每個星期都來一個病人，都是發高燒，有些被治好了，有些回家了，回家後反覆發作。醫生說不知道這是什麼病，就叫做無狀病好了，反正社會上，人人看得見，沒人看得懂。

無狀病過了幾年不可收拾，記者通過文化報報導了無狀病，但是，記者不懂如何描寫無狀病的症狀，所以，社會上沒人在意，沒人理睬。

記者問醫生，這到底應該是什麼病，醫生說是無狀病。記者再問：「無狀病到底是什麼病？」

醫生：「無狀病就是沒有症狀的病！」

記者：「你真的是地地道道的赤腳醫生！社會白白培養你這

個大學生，一個大學生需要九百個農民九年的勞動成果才能培養出來，你的水準就這麼一點，無狀病就是沒有症狀！你是醫生，對得起九百農民！」

醫生聽記者的話感覺非常慚愧，真的對不起父老鄉親，而自己真的無奈，眼睛乾巴巴地看九百農民病倒。

記者想到彼岸，也許彼岸的人看得懂無狀病是什麼症狀，彼岸人可能懂得治療無狀病，所以記者把無狀病通過電傳發佈到彼岸。彼岸聲稱，要派人來調查無狀病村，驚動了社會元首。

社會元首親自來了，在醫生的陪同下，視察了無狀病村。元首：「這無狀病到底能否有救？」

「有救就不是無狀病！」醫生說道。

元首：「有什麼辦法？」

醫生：「與社會隔離！」

一夜之間，無狀病村被用鐵絲網與社會隔離起來。醫生可以進去，但是記者不可以進去。記者把隔離鐵絲網拍攝下來，電傳到彼岸。彼岸還是彼岸，鐵絲網還是鐵絲網，無狀病仍然是無狀病。記者被捕，判有期徒刑三年半。

殺豬的獨生子是嶺南大學法律系的高材生，畢業後找不到工作，在社會上亂混了一年。殺豬和老婆很不開心，強迫兒子到蛇口想辦法找飯碗。在蛇口折騰了半年，毫無收穫，再次懊喪地返回家鄉。準備一年時間，準備考公務員，筆試公佈成績：第一名。口試結果：不懂馬列。錄用結果：名落孫山。

殺豬很氣憤，看到公社中學的校長天天來買豬肉，殺豬問：「我的兒子今後有什麼前途？」

校長：「不懂馬列，讓他到我校教馬列！」

殺豬兒子教馬列教了一年以後，有一天突然發高燒，找到醫生，按捺不住，撲倒在醫生的懷裡，吐血，醫生滿身都是血，醫院滿地都是血，紅紅的兩大片。殺豬兒子當場死亡。

殺豬家庭第一個白髮送黑髮，殺豬斷香火，逢人便說「我兒子沒了。」說了，別人聽。說多了，別人也懶得聽。殺豬後來覺得別人不聽他的話了，殺豬就講給豬聽。「我兒子沒了！」

「在人面前做人，在豬面前做豬！」殺豬至今還活著。

地質大學畢業後教書一年，後來去了香港發展，發達了，衣錦還鄉，在公社裡另一個地方挖鈦。鈦遠銷南洋，甚至彼岸。

公社裡有一個很大的水庫，地質工廠在水庫裡洗滌鈦礦，水往下流。醫院就在下游。

地質有一天病倒了，找醫生，同樣是吐血，沒過多久，地質病死了。妻子兒子從香港回來送葬，白髮黑髮一起送白髮。

三個好同學，一個走了，一個被關起來，一個發瘋起來，有一天醫生突然發現，醫生長了肚臍眼，這肚臍眼與眾不同，不是長在肚子上，而是長在眼睛裡。長在眼睛裡的肚臍眼越來越大，致使醫生後來什麼都看不見。

醫生記憶中懂病理學，憑記憶診斷自己，我這眼睛肚臍眼是白血病。

白血病的病源是由於細胞內去氧核醣核酸的變異形成造血組織的不正常工作。幹細胞每天可以製造成千上萬的紅血球和白血球。醫生過分生產不成熟的白血球，妨害其他工作，使得生產其他血細胞的功能降低。

醫生接受了化學治療、放射治療、標靶治療，均無效。等待骨髓，準備移植，骨髓沒等到，醫生先死亡。

她們的歌

德國　謝盛友

電話裡另一端的阿娟不停地哭，「他不在了！」

李欣放下電話，想了很久，終於反應過來，「他不在了！」是什麼意思。曾經苦苦追求的他，已經不在了。

康樂園的廣寒宮就在東湖的旁邊，東湖一年四季風情萬種，優美的自然風光使其春來山明水秀、鳥語花香；夏來學子湖濱戲水，好一派南國風光；秋來名花滿地紅遍，格外飄香；冬來萬千南國候鳥，滿湖覓食歡唱。

黃昏時的東湖，一片寧靜祥和的色彩，他與李欣在湖邊散步，悠然自得，人和諧，景和諧。大約晚上七點鐘的時候，他與李欣進入圖書館晚自習。約好了，晚上九點半再出來散步休息。盼望出來的時間過得很慢，兩個人在一起休息時，一分鐘一分鐘過得特別快，十一點圖書館要關門，他與李欣趕快回去取書包，不然，明天就不能上課了。

背著書包，他和李欣再次回到東湖邊。夜色好美，他們不知道說什麼好，只希望在一起的時間不要結束。時間還是要結束的，若不結束，回去宿舍，男生拷問，他無法交待；女生拷問，

李欣不知道說什麼好。應該結束了，李欣鼓起勇氣，緊緊地擁抱他。他哭了：「我長這麼大，擁抱我的女性，你第二個，第一個是我媽媽。」被擁抱時他說，他想念他媽媽。他也說，李欣的擁抱比媽媽的激動。

那是夏天的夜晚，康樂園熱氣朝天，男生多穿短褲，女生多穿裙子。他就是穿短褲的，李欣穿裙子。擁抱越來越緊，他感覺到李欣接吻的聲音，是一種非常優美的聲音。他亢進，李欣感覺到有東西在膨脹，不一會兒李欣的大腿感覺很燙，擁抱還在擁抱，接吻繼續進行。那火燙的東西往下流，順沿著李欣的大腿流到小腿，慢慢地，慢慢地，李欣感覺燙的東西慢慢地變涼，是涼爽的感覺。

夜越來越黑了，還是要結束的，不結束不行了，不然，明天政治輔導員找談話，怎麼辦？現在宿舍裡有宿舍長管理，有規章，太晚了，弄不好宿舍長明天去輔導員那裡打小報告。不行，這樣回去更不行，李欣到湖邊用手拿水把自己的大腿小腿洗遍，企圖洗乾淨。李欣洗時滋滋有味，內心更加有味，他站在旁邊欣賞李欣的動作，從來沒見過李欣這麼不協調的動作，動作越不協調，他越覺得有滋味。

「笑什麼？笑笑，你還笑！都是你闖的禍。洗掉了，可能洗掉了好幾個兒子。」李欣罵他不懂事，不懂事而亂笑。

李欣越罵，他越笑，不過不敢出聲，因為整個校園都睡著了。

第二天上課時，他們覺得不對勁，同學們感覺更不對勁。課間操時老二給他眼色，讓他到教室拐角的地方。老二：「今天晚上七點，我在東區大教室等你！」老二儘管胸有成竹，但是還是

要快馬加鞭，不然弄不好，沒過多久他被李欣完全掌控，屆時想挽回大局，就更困難了。老二讀書比李欣成績好，而且長相非常漂亮，簡直可以說沒有缺點。於他，老二自信心還是很強，打敗李欣是有可能的。就看他今晚來不來東區大教室。

他很為難，本來跟李欣說好的，今晚再去圖書館，不行！應該有所交待。在愛情衝昏頭腦時，交待就是欺騙，至少是謊言。中午在學校餐廳的時候，他走近李欣，低聲低氣地用謊言交待：「我今天晚上到城裡北京路去，我舅舅一個朋友從香港過來。」

傍晚七點，他出現在東區大教室，老二贏得自信心。中間休息的時候，老二讓他陪伴去東湖漫步，他拒絕，因為他害怕在那裡見到李欣。因為他知道，李欣肯定回來尋找昨天的足跡，回味昨夜的浪漫。他回想到昨夜東湖邊的膨脹，他感覺到害怕。

他靈機一動：「我告訴你一個好地方，海洋研究所那邊，有一個非常好的地方，那裡比東湖好，絕對看不到認識我們的同學。」

他們漫步到海洋研究所，果真是一個花園，今晚整個花園屬於他們兩個人。他：「你以後做什麼？」

「我一定要做記者！」他用手捂住老二的嘴，不許她瞎說。老二順勢抓住他的手，越拉越近，他們強烈地親吻，熱烈地擁抱。他有過與李欣的經驗，不怕！接球！反正只是一對一。他們一對一地在海洋研究所裡的海洋花園裡黑色浪漫。

再過二十年，我們來相會，天也新、地也新，處處惹人醉。

老二畢業後真的當了無線電視臺的記者，他時刻注意老二的存在，關注老二的發展。有一年在懷柔開世界婦女大會，老二言

行過激，被公安從牆內扔出去，電視裡，全世界人都看得到。他看到時最傷心，回想十幾年前，那是他熱烈擁抱的身體，怎麼被公安人員從牆內扔到牆外？他為老二哭。

後來每年三四月份，兩會期間，老二肯定出現，以記者身份提問黨和國家領導人。同學們在不同的地方，看相同的老二，他們都很敬佩老二的魄力和魅力。

畢業以後，他在寧城工作，為了不得罪李欣和老二，選擇與阿娟結婚。阿娟是一個沒上過大學非常單純的女孩，婚後一直當家庭主婦。她們因為他的原因，走在一起，成了現實生活分離而內心不分離的好姐妹。

他患肝癌，治療無效，換肝失敗，留下一個無業的阿娟、上高二的女兒和年邁的父親。他們這個年級發生第一個白髮送黑髮。大家很傷心。

老二建議在畢業二十年重聚同學會時向全體同學們宣佈他病逝的消息和舉辦募捐活動。李欣覺得不妥當：「二十年相聚，同學們都帶著配偶和小孩，在大家非常開心的時刻，讓別人傷心，不好。況且我們的子弟都還是小孩，不要讓幼小的心靈裡這麼快就染上傷感。我決定撫養他和阿娟的女兒，直至他們的女兒大學畢業。」

「那我也要出一份錢。」老二同聲，她們同哭。

負責任先生

德國　謝盛友

　　阿光在南方長大，小的時候家鄉很窮，土地挺貧瘠，但是家鄉的沙土很合適種植西瓜。阿光比較勤勞，種植西瓜，略有成就。小的時候，阿光樂意跟大人吹牛，說他夜裡看守西瓜地時，經常不睡覺，察覺到西瓜在運動。大白天太陽強烈時，西瓜大的那一邊往太陽斜；夜裡沒有太陽，西瓜大的那一邊往黑暗斜。阿光說，他喜歡觀察西瓜的日夜運動。村裡沒有一個大人相信阿光的話，大家都認為阿光是天花亂墜。大人的話是有道理的，因為夜裡到處都是黑暗，所以，阿光的「西瓜運動」只有一半的邏輯。

　　西瓜日夜輪流傾斜的鑒定沒有獲得眾人認可，不過，阿光手下種的西瓜，又大又甜，據說都出口到東南亞。

　　後來，阿光的西瓜越種越大，越來越出名，家鄉的田地受到限制，外地人聘請阿光去當顧問，那就是所謂的「西瓜顧問」。

　　阿光從小被教育，做人做事要負責任。阿光一路走來，大事小事都很負責。

　　小夥子長得不是很帥，不過蠻有男子氣概，二十歲那年結婚，妻子比他小兩歲，是一個非常老實的漂亮的農家人。

剛剛外出當西瓜顧問時，阿光每個星期回家一次，顧問所得如數交給妻子。後來，阿光由於工作較忙，每個月回家一次，收入如數交給妻子。再後來阿光每半年回家一次，再後來阿光每年回家一次，再後來阿光每兩年回家一次。

西瓜顧問的妻子在家鄉也種植西瓜，還養一個兒子，每天任勞任怨，把阿光的家庭打理得好好的。阿光其實很愛他的妻子，也很疼自己的兒子。

人一擔任職務，就遭遇麻煩。阿光遭遇豔福的麻煩，在外地被阿花愛上，與阿花有了個女兒，身邊的朋友都知道了這事，這也難怪，因為，好事不出門嘛。但是，後來好事還是出門了。阿光的妻子全部知道了。

怎麼辦呢？賢慧的妻子要求阿光處理此事，給個說法，給個交代。阿光男子漢大丈夫，很爽快地了結此事，他妥善安排阿花和女兒，在妻子和兒子面前保證：堅決不與賢慧的妻子離婚，把兒子養育成才。

社會上阿光的朋友議論紛紛：阿光這小子行，豔福不淺，做人做事很負責任。阿光的妻子在朋友面前聽到人家表揚她老公，心裡甜滋滋的。阿光聽到朋友們這樣評價，覺得臉上貼光。

西瓜一旦種大，遭遇也大，阿光越來越出名，南方農業大學農經系聘請阿光當客座教授和領薪顧問。不知道為什麼人到中年，阿光越來越具魅力，誰讓阿光豔福不淺，追他的年輕女大學生真的不少。京韻懷孕了，阿光的兒子。京韻主動退學了，阿光給她在大學不遠的地方租了房子，安排好京韻母子的大事小事。阿光的老婆知道了京韻的事情，她們見

面，喝完咖啡後，商定：不給阿光難堪，不然阿光會丟失客座教授一職。

阿光知道了兩個女人的諒解方案後，在妻子和兒子面前保證：堅決不與賢慧的妻子離婚，把兒子養育成才。

媒體把阿光和京韻的事曝光了，阿光向記者保證：做一個負責任的男人，做一個負責任的父親，把兩個兒子養育成才。

社會上的人都很敬佩阿光，說他男子漢大丈夫擔當責任。

阿光不但豔福不淺，而且官運亨通，不久後，阿光被提拔當南方省農業廳廳長。有一次，在南方省城召開國際西瓜學術會議，會場外邊抗議者成千上萬，他們舉著「抗議西瓜改變基因」的標語。會後，阿光答記者問時，胸有成竹地說：「我負責任地說，西瓜改變了基因，人吃了西瓜，人的基因絕對不會改變。」

鄰人

德國　謝盛友

　　我一下子就認出來，黑格爾，他慢悠悠地朝我走過來，老遠老遠就可以看到黑格爾的微笑。迷迷糊糊的亂想中，突然聽到廣播裡說，四川七‧八級地震。成都，我大學畢業後差一點進去工作的城市，今天在電視裡相遇相識。

　　我讓黑格爾去找布萊希特，他比我們更加瞭解四川，我們把布萊希特的《四川好人》作為指南針，找到鄧南特，讓鄧南特出面，至少先給我們一個帳號，鄧南特一八六四年至今，救人無數，國際上最具公信力。

　　我們要跟演藝界聯合舉辦「愛中國」大型賑災義演，全部收入將通過鄧南特總會捐贈給四川災區。

　　在傾斜的大教堂廣場彙集了幾萬人，人山人海，每個人都點燃蠟燭，在那裡為四川地震遇難者默默哀思。

　　演出開始，德國皇帝威廉一世、巴伐利亞路德維希二世、李斯特、聖桑、柴可夫斯基等都親自來參加，觀看《四川好人》的演出。

每隔幾米就有紅色捐款箱，男士給捐款用左手，右手放在自己褲子的口袋裡。女士給捐款用右手，左手放在自己褲子的口袋裡。左手給多少錢不讓右手知道。

千年古都沉浸在一片中國的氣氛之中，來自世界各地的幾萬名賓客彙聚在這裡，懷著沉重的心情，演出開始。

海涅朗誦：

一聲巨響
一片黑暗
世界突然停頓下來
你連筆也來不及鬆手
直到那一刻
你手中還握著
愛與希望

幾萬人用含淚的眼睛看著聽著，默默哀哀，哀哀默默。

主教牽著市長的手，市長牽著黑格爾的手，黑格爾牽著我的手，我牽著秋海棠。美麗秋海棠的西南，局部血紅血紅。

十四時二十八分，教堂敲鐘三分鐘，秋海棠內外，人們默哀，默默地靜聽遠處汽車、火車、艦船鳴笛，寂聽防空警報鳴響。

降半旗：在這秋海棠國哀的時刻，我們再一次感到我們是如此的無助和脆弱，無法掌握自己的生命和未來。

黑格爾帶來很厚很厚的《北川日報》，看得出，他已經細心閱讀過，並用紅藍色圓珠筆作了不同的記號，圈圈點點。

　　黑格爾決定領養所有北川地震喪失生命的小孩，看得出，他已經細心考慮過，這已經是下定決心的決定。

　　為了領養，黑格爾用心用力收集所有死亡名單。主管警告黑格爾：「不許私人收集死亡名單，這將破壞和諧，違者必究！」

　　黑格爾被打得頭破血流，我到醫院看望他時，他拿出厚厚的死亡名單變成的《精神現象學》。黑格爾寫得密密麻麻，而且是用中古德語寫的，不容易看懂，費工夫，費時間。

小豆

德國 謝盛友

　　母豆說，她今天太累，希望小豆到速食店幫忙，小豆欣然答應。

　　來了幾個客人，年齡比小豆大一些。年輕人買了咖哩雞肉，到河邊吃了差不多後，再次回來速食店，年輕客人當中的最高者手裡拿著餐盒，指著裡面的咖哩雞肉，說：「在你們賣的咖哩雞肉飯裡有頭髮，這樣的餐不符合衛生標準，你們可以不退還我剛才支付的歐元，我可以把你們告到衛生局。」

　　母豆心裡覺得不對勁，怎麼又是他，上兩個星期這幫搗蛋鬼剛剛來過，同樣的面孔，同樣的理由，同樣的索賠。母豆不甘心，與年輕客人爭執。

　　小豆從廚房出來，不想袒護母豆，更不想得罪客人，二話不囉嗦：「這樣吧，把你的頭髮留在這裡，我們送去化驗，當然，也送去我的頭髮和我母豆的頭髮，化驗結果，科學就是科學，若是我們的頭髮，我們賠償你，若是你的頭髮，不但你要支付一切化驗費用，而且還要賠償我們的經濟和名譽損失。」

　　搗蛋客人對小豆上下打量一下，然後走了。

同樣是一個星期六下午，母豆和小豆在速食店裡，來了一個客人，客人不到速食店櫃檯來點餐，而是到其他的客人那裡發牢騷：「這家速食店的飯，昨天我買了好幾份，可是，我吃了拉肚子。你們呀，也是消費者，可要當心！」

　　母豆又一次覺得不對勁，走到牢騷客人的跟前，彬彬有禮：「您昨天買了什麼餐，請您給我看您的發票，我可以給您賠償。」母豆只求安寧穩定，希望牢騷客人不要在別的客人面前吵吵嚷嚷，會損壞速食店的形象。

　　牢騷客人不覺得自己理虧：「我的發票在家裡。」

　　「您可以現在回家取，我等您，您應該獲得的權利，我們一定保留。」母豆據理力爭。

　　「我不會回家拿！」牢騷客人這樣說道，並認為母豆沒有資格命令他行事。

　　小豆向牢騷客人走去，手裡拿著一枝筆和一張紙，紳士般向牢騷客人說：「我給您的是一張潔白的紙，請您在這白紙上寫上您的名字、位址、聯繫電話，和您昨天購買的那幾份餐，我們會將您的申訴轉交給我們的律師，委託律師給您如數賠償。您可以玷污我的速食店，但是不可以玷污這張潔白的紙。」

　　牢騷客人不碰筆，不看紙，不再說話，不高興地走了。

秤砣

德國　謝盛友

　　那年，他還很小，村裡歲數大一點的小孩邀他去河裡游泳，他當然很想去，可是他媽媽警告說：「你去游泳？你會像秤砣一樣掉進河水，沉下去，一去不復返！」。他順從母親，那次沒有參加游泳。

　　有一天，他母親帶弟弟妹妹去看外婆，他單獨在家，鄰居堂哥哥再次邀請他去游泳。天氣悶熱，游泳的感覺應該很爽。心動變為行動，他一起到河邊，下水，第一次他覺得他的身體很笨重，果真如秤砣。

　　「你必須划動！」堂哥邊扶邊教邊說。「你不動，你的身體就沉下去了。」

　　歲月流逝，他十八歲時母親離開人世。他離開家鄉，離開養育他的母親河，到城裡去。謀生路在何方？就在腳下。他用兩個筐，挑著水果和香煙，走到人來人往比較多的十字路口，停下。「就在這裡！」他心裡想，也這樣決定。

　　天色漸黑，收攤時數錢，快樂數不盡。除了成本，他第一天淨賺兩元六角八分。

天很熱，這樣的天氣到河裡游泳，應該是一種享受。「不行，我還得去擺攤，那裡有很多客人等著我。」他還是決定去擺攤。

天下雨，這樣的天氣在家裡整理內務，也是一種工作。「不行，我還得去擺攤，我必須在，不然客人以為我停業了，明天後天就不一定來了。」他仍然決定去擺攤。

天颱風，這樣的天氣躲在家裡，不做任何事情，也對得起自己的良心。「不行，我還得去擺攤，讓我的客人知道，我每天都在。」他還是決心去擺攤。

歲月流逝，他二十八歲時，走出國門，博士學位沒有念完就與朋友合開貿易公司，做買賣做生意。

週末，他與合作夥伴一起逛跳蚤市場，在一個攤位，他駐足良久，看到那個古董秤砣，他愛不釋手，買回家後，每天下班回來，他總要花一點時間欣賞一下自己心中的秤砣。幾個星期之後，他乾脆把自己心中的秤砣帶到辦公室。做什麼用呢？如果每天花時間在那裡傻呼呼地欣賞，同辦公室的同事會斷定：「這個老頭真的是一個傻子，每天花時間看那個鐵秤砣。」

他想到一個比較理想的辦法，把鐵秤砣放在辦公桌子上，用來壓紙張，一舉多得。這樣他每天可以看到自己心中的秤砣，未處理的文件被壓在那裡，工作開始要處理檔案時，他可以順手摸一摸心中的秤砣。

打掃衛生的阿姨不慎，使鐵秤砣從桌子上掉了下來，地板上留下一個洞。

饑餓

德國　謝盛友

　　他外婆家的米缸已經有些破舊，不知是誰把它從屋裡搬到外面來，將之放在屋簷底下，用來接雨水。他走近一看，米缸已失去往日的光澤，裡面有半缸水，也許長時間的日曬風吹，缸裡的水有些發黃，水中還有蝌蚪，來回地游動。他站到缸的旁邊，身體正好擋住太陽，他的影子覆蓋了缸子的三分之二。蝌蚪看到了影子，猶如見到了希望，它們全從底下爬上來，以為他帶來很多好吃的東西。爬上來的蝌蚪，向他搖搖尾巴，而他只是在那裡觀賞它們游動的姿勢，沒給它們任何食物。從他那裡沒得到一點點東西的饑餓蝌蚪，仍然抱著一線希望，在那裡來回地晃動，在那裡等待。每隻蝌蚪對他都很友好，上來後，個個自然而然地向他搖尾問安。游上水面的蝌蚪，把頭伸出來，看看他，他也看看它們，然而，它們吸到的只不過是空氣而已，它們最後絕望地往下游動。不過，往下游比上來更費力氣，因為後來居上者繼續地往上湧，往下走者得花更大的功夫將它們擠開，然後闖出一條道來。他在那裡仔細地觀察，湧上來的蝌蚪真多，黑壓壓的一片。

　　巧婦難為無米之炊，他沒有任何東西可以餵蝌蚪。

外婆的米缸，在他腦海裡記憶非常。那年，他家沒有什麼米吃，主要靠外婆救濟。外公在泰國，每年要寄錢給外婆和舅舅他們作為生活費，那時，國家視外匯如寶貝，僑眷收到外匯，可得僑匯券，僑眷憑它可以購買糧食或其他某些緊俏商品。

家裡已經好幾天沒掀鍋蓋了，他媽媽讓他帶著他弟弟到外婆家借米。他媽媽是最愛面子的人，哪怕是跟她自己的媽媽借，她也不願親自去，面對自己的母親，她也許更難啟齒。他和未滿八歲的弟弟，要走二十幾華里的路，才到外婆家。

路上弟弟很餓，問：「哥哥，什麼時候才到外婆家？」

他回答：「弟弟，再走幾步就到外婆家啦！」他的肚子連發出咕嚕響的力量也沒有。

外婆把熱氣騰騰的稀飯連著鍋子端到桌子上來，先用鐵勺在飯鍋裡翻騰，然後仔細地攪拌，使之冷卻，她知道兩個小外孫走了那麼老遠的路，肯定餓壞了。他和弟弟對坐在桌子旁邊，外婆站在他們倆的中間，不說話，只是邊攪拌邊注視著他們，整個屋子裡只聽到鍋裡的稀飯隨著攪拌而發出的響聲。弟弟和他都極度的嚴肅和專注，他們的目光全被鍋裡的熱飯所吸引，它對於饑餓的他們來說就是一個磁場。弟弟沒吭聲，他看見弟弟咬緊牙，腮部肌肉突起，口水慢慢地滴下來。弟弟沒有控制能力，這一點是肯定的。他看清楚了弟弟的神態和目光，那是饑餓者的貪婪相，他不知道如何描述所見到的目光神態。

那頓米飯給他大腦皮層留下永久的記憶，他開始懂得饑餓是一種痛苦。飯吃飽後，他的眼睛也一下子發亮了起來，仔細看看跟前的外婆，覺得她很高大。在外婆的房間裡，他看見了外婆家

裡的米缸，當時的他只比米缸高出一個頭，伸頭往米缸裡一看，外婆家的米也不多了，底下的柚葉可隱約看見。外婆的米缸很黑很亮。她跟他說，她十五歲嫁到外公家時，就有這個米缸了。米缸用久了，就油溜溜的，而且發亮。那時，米缸的光亮，是表明這個家庭之富有的主要尺度。把柚葉放在米缸底下，是怕米發黴，家鄉的人一般都這樣做。

外婆救濟的米吃光了，他家真的山窮水盡了，他媽媽把家裡那條狗賣了，得來的錢到鎮裡集市買蕃薯，一家人餓肚子，活命要緊。

隔壁村的大人們來把他家的那條狗綑綁住，抬走。他堂哥跟去，半天後回來說，大人真的把狗殺了，而且先把狗的兩隻前腿反綁在狗背上，將狗的後腿死死地綁住，然後把活生生的狗倒著吊掛在一棵樹上，讓它流口水。這時的狗饑餓加恐懼，痛苦而困惑地把眼睛睜得溜圓，顯露著難言的一種渴望，而口水一直地流。大人說流盡口水的狗，充滿饑餓的狗殺了吃起來特別香。

堂哥敘說，他一邊聽，一邊哭，滿臉眼淚。

老照片

德國　謝盛友

他妻子從國內帶回來半箱影集，他翻閱翻閱，翻到那張「全家福」時，他再也沒有力氣往下翻了。家，是一張模糊的照片；想家，是一本翻不完的日曆。

前天，任電視臺採訪部主任的大學同班同學打電話，說：「老照片記錄的是歷史。」電話裡他還與同班同桌大吵一架。他反駁說：「老照片記錄的不是過去，老照片記錄的是現在，記錄現在人的心境、情意，表達現在人閱讀老照片時的哭和笑、苦和樂。」

他還告訴寒窗好友，老照片是永遠不會發黃的，發黃的是老照片記錄的歲月；歲月也是不會發黃的，記憶中的歲月總是在腦海裡翻騰、翻新。

「全家福」，永遠的全家福，又永遠不是他的全家福。很久很久以前，他父親由於歷史問題被關進去了，三十多年前由於糾正歷史問題被請「出來」了。

他父親必須寫檢查，檢查寫不出來，自己就出不來。他父親出不來，也罷，可他媽媽就想不通。那個年代，大家瘋狂地種植愚蠢，愚蠢地種植瘋狂。他媽媽真的很愚蠢，選擇了自己認為最

合適自己的方式，結束了自己的生命。他媽媽走了，儘管不完美，但至少結束了痛苦。

他父親「出來」了，而他母親已經不在了，這張老照片中少了他媽媽，所以，他家的「全家福」是有引號的，不是真正的全家福。他家沒有過真正的全家福。

那年春節，他堂叔叔從香港回來探親，帶著一部照相機，他爸爸「出來」了，難得全家人能在一起，照張全家福，是最佳時機。他們找了很多地方，最終還是不滿意，所以最後在他老家的庭院裡，沒有任何背景，他爸爸拿來毯子當背景，看上去好像是在照相館。

「全家」人望著他堂叔叔手裡的鏡頭，就在那一刻，相機留下了這永恆的美麗瞬間。

面對「全家福」，他滿臉眼淚，從老照片中家人的目光裡，他閱讀到了那股暖暖的愛的河流；那條長長的情的絲帶；硬硬的老家古牆般的希望；深深的血濃於水般的情感。他想，能真正擁有全家福的家庭，肯定是天下最幸福的家庭，因為全家福記錄的就是全家人的幸福。有引號的全家福，也是天下最幸福的全家福，至少全家福表達了一種家庭的凝聚力。

老照片記錄了他父親的家訓：誠信、誠心、誠懇。沒有母親的「全家福」同樣記錄了他母親，記錄他母親一生的辛勞，然而，老照片同樣記錄著遺憾。他母親養育他們七兄弟姐妹，個個長大成人，而他媽媽沒有見到任何一個女婿和兒媳婦，他媽媽走了，他不知道，他媽媽有沒有帶走她的遺憾，他只知道他媽媽走了，給他們留下了永遠的遺憾。

「早上好！」

「早上好！喝咖啡還是喝茶？」他妻子問。

「照片！」

「你還沒睡醒吧，說夢話。」

「還沒夢醒。」他回答妻子說道。

「你夢見什麼了？」

「夢見了媽媽，媽媽召集三個女婿四個兒媳婦和所有孫子孫女外孫外孫女照了一張照片。」

乞丐

德國 謝盛友

去餐館上班的地鐵口，幾個乞丐手裡拿著市政府出具的行乞證，身邊放置一個筐或帽子行乞。他也像其他行人一樣，路過時順手給一些零錢。

那年，家鄉鬧饑荒，乞討的人蠻多的。當他給母親和兄弟們平均好每個人平平的一碗米飯後，正準備用餐時，進來一位中年婦女，她帶著一個女兒。他看到她們，心裡不是滋味，嘀嘀咕咕：「我們家夠窮了，她們還來我們這裡要飯。」

他母親斜視他一眼：「我們窮，她們到我們這裡來找飯吃，說明她們比我們更加不容易。我們有一碗飯吃，就得給她們半碗。」他母親說著，把自己的那碗飯一分為二，一半給那位中年婦女。他以他母親為榜樣，把自己的那碗飯一分為二，一半給那位遠道而來的姐姐。

有飯吃，中年婦女露出難得的笑容，她與他母親聊這聊那，談東談西。半碗米飯把兩家人連結在一起。告別時，阿姨戀戀不捨，與他母親擁抱，互道保重。

他把她們送到村口，她們漸走漸遠，不停地回首、揮手。

乞丐，在他那幼小的心靈裡變成一個揮之不去的概念。

一個老頭走進他的餐館，這老頭半身殘疾，走動不便。老頭找好位置坐下，他心裡想，這老頭肯定是一個乞丐。

他給老頭遞上菜單，老頭說：「我只要一些便宜的能吃飽肚子，就行！」他給老頭端上素炒麵，不到兩分鐘，老頭的碟子已經一乾二淨，看得出老頭很饑餓。他收碟，老頭說：「埋單！」

「我請您吃！」

「不，您是開店的，我走進您的店裡，已經表達了我要購買的意願，我吃完了，付款了，我們之間的合同才履行結束。」

被老頭像學者一樣教訓，他立刻覺得無地自容，臉通紅通紅地接過老頭的付款。送走老頭，他回自己的辦公室，腦海裡一直縈繞老頭的影子。

之後，老頭幾乎每天來，每次坐在同樣的位置，每次吃同樣的素炒麵。老頭多年如一日，哪天老頭沒出現，他倒感覺少了什麼，甚至感覺不安。

十二月二十四日夜晚，老頭出現，他驚喜。「今天我一定請老頭吃聖誕鴨。」他心裡盤算，如何說服老頭，第一次認識老頭時，說話不慎，傷害了老頭的自尊心，這回苦於無法表達。

他直話直說：「我想請您吃聖誕鴨，您可以接受也可以不接受。」

老頭看上去很疲憊，點頭同意。可是吃完飯後，老頭還是堅持要付款。

一個星期過去，兩個星期過去，三個星期四個星期，老頭都沒有出現。六個星期之後他在市政府通訊上讀到：漢斯病逝，享年八十歲。

白血

德國　謝盛友

　　魯道夫首次讓我認識白血病，他骨髓中的幹細胞以前每天製造成千上萬的紅血球和白血球，那年五月開始，魯道夫過分生產不成熟的白血球，妨害骨髓的其他工作，使得骨髓生產其他血細胞的功能降低。魯道夫的白血病擴散到淋巴結、脾、肝、中樞神經系統和其他器官，經過六次化療，仍然無效，至今在醫院裡等待骨髓移植。

　　魯道夫再次病危，我們經過很多折騰，終於把魯道夫的媽媽從家鄉接來，辦理的是旅遊簽證，當時的情況，也只能獲得九十天的旅遊簽證。

　　在外國人局，魯道夫媽媽已經獲得一次延期，也就是總共一百八十天的居留簽證。我幫魯道夫媽媽買了醫療保險，到市政府繼續申請延期，官員說，不能再次延期了，必須回去家鄉，更換另一種類別（比如照顧病人）的簽證，再次入境。

　　簽證官員還不算壞，說：「你們早一點來，我可能還有通融的時間，可以想辦法，現在這個狀況，我們只好一起想辦法。」

官員說，他可以破例，但是必須留存法律根據。聰明人一聽就明白，大家分工，找大學負責外國人事務的辦公室幫忙，找領事館，一個一個來回折騰，魯道夫的媽媽終於獲得延期簽證。

　　我到癌症醫院把這個好消息告訴魯道夫，一到房間門口，一台手提電腦先進入我的視線。魯道夫躺在病床上，用電腦製作海報：我是魯道夫，現在因為患白血病，躺在癌症醫院，你們肯定從媒體中獲知，我的家鄉五月十二日發生八級地震，傷亡無數，請你們伸出手來，掏出心來，救救我們遇難的同胞。

＊　　　　＊　　　　＊

　　面對魯道夫，一個等待骨髓移植、等待死亡者，我一下子覺得，好像是我患了白血病。面對那一張海報，我欲哭無淚。

酒鬼

德國　謝盛友

天又下雨，而且越下越大，他這個速食店與別的餐館不同，越是下雨天，越沒有客人。其他同行老闆經常來電話訴苦說，現在的人真的很窮，到餐館來兩個人合吃一個餐，是常有的事。他速食店賣的餐，其價格已經便宜得不能再便宜了，有些餐比大學附設餐廳賣的還要價廉。

他一個人站在櫃檯後面，無事可做，眼睛直往門口瞄去，巴望會有某個客人出現。終於來了一個客人，大約五十歲的樣子，男客人踉踉蹌蹌地晃入店的門檻，他聞到一股強烈的酒味，男客人的眼睛、鼻子發紅，紅得發紫。步子還沒站穩，男客人便口沫橫飛地瞎嚷：「請給我一份毛澤東套餐。」

他知道，今天碰到了酒鬼。

只有一個馬克，他該給酒鬼吃什麼呢？不給酒鬼吃，外面下大雨，怎麼把酒鬼攆走呢？他心裡捉摸不定，算了，這回碰到酒鬼，只能自認倒楣。他決定給酒鬼一份米飯加肉汁，換來酒鬼手裡的那個馬克，一個馬克也是錢啊！他右手把給酒鬼的米飯和肉汁端上去，左手接下酒鬼遞給的那個銅板。

拿到那個馬克後，他心裡開始發酸，他今天連酒鬼都不如，心裡的酸味發酵成銅臭味。今天，他比酒鬼還臭。

用完餐後，酒鬼站在那裡，不肯走。酒鬼應該儘快離開速食店，他心裡這樣祈禱。酒鬼不但沒走，反而面對著他大聲喊：「我很有錢，有很多的錢。我的錢被一個女人拐跑了，這個女人就是我的妻子，現在，她富有了，而我卻窮窘潦倒、一無所有，我不能再創造一個富婆。」

「我們很有錢，我們比你們外國人有錢，不是嗎？我們比你們外國富有，不然，你們外國人不會像螞蟻一樣，一窩蜂地跑來我們這裡報難民，是你們來了，我才變成窮人的，是你們把我的錢搶走了。你們應該離開這裡！」酒鬼向他發洩不滿。

「你必須立刻離開這裡，離開我的店！不然我叫員警。」他鄭重地警告酒鬼。

「員警能拿我怎麼樣？員警也是我們的人，你們外國人在這裡當不了員警。」

「外面的雨停了，你可以走啦，我要關門了。」他扶著酒鬼走出店門口，沒走幾步，酒鬼稀哩嘩啦地全嘔出來，馬路邊上的人行道盡是酒鬼吐的臭東西。他說：「明天，讓你們掃垃圾的人幫你掃乾淨吧！」

「你錯了，我們本地人從來不掃垃圾，幹掃垃圾活的全是你們外國人。」

一個陽光明媚的下午，他從速食店回家，路上突然被一個人攔住，「我老婆離這裡很遠，她病了，病得很重，在家裡臥床等我回去給她買藥，求求您給我十馬克，您看我的錢包空得很。」

說話者一邊說著，一邊讓他看錢包。他突然覺得這個人臉很熟，他儘量地回憶，終於想起來了，就是那個酒鬼。

傍晚，快收工時，他到河邊取回自己放在那裡回收外賣餐盒的垃圾桶，他看見旁邊的公共垃圾桶，也有不少是從他店裡出來的外賣餐盒，於是，他把自己的垃圾桶送回去後，再拿一個大紙箱，把河邊公用垃圾桶裡的外賣盒統統掏出來。酒鬼又來了，看見他在掏垃圾，就責備說：「您不用這樣。應該放一個自己的垃圾桶！」

「您來晚了，沒看見，我剛剛把自己的垃圾桶收回去，我天天如此。」他絕不容許被一個酒鬼看扁。酒鬼問他，是市政府強制他這樣做，還是出於他的自願。他說，是自願。酒鬼要與他握手，被他拒絕。

德意志先生

德國　謝盛友

　　在老遠的地方我就看到了德意志先生，他堅持站在那裡，高舉兩手，攔住我的自行車。我當然只好下車。他逼我看指示牌，並說：「這裡是行人道！對面才是自行車道！」

　　他以前是四星警官。他現在已經退休了，還是市政府裡的參議員。他說話像自己的政黨，顯然很棕色。他不放縱恣肆，不隨便說話，眼睛和臉孔都不輕易洩露自己的意圖。他喜歡深深地埋藏自己，埋藏自己的表情，但是，他經常在危機四伏的災難面前，泰然處之，保持幽默，甚至向「敵人」致敬。他的棕色反而讓我覺得他有包容的大度。

　　他可能因為年齡愈大，就愈懂得棕色。連他的衣著等外在的顏色，為人處世的基調也是棕色的。他習慣與本地的生命有著息息相關的牽連，與之蓬勃與之隕落，與之生機與之凋敝。他走著走著路，有時遭逢屏障，有時遇到陷阱，有時走進不通的死胡同，還是習慣走本地人的路。他喜歡與有知識的熟人說話，述說想法，闡發意圖。

*　　　*　　　*

　　我跟他說，棕色政黨在此地開會，我感到害怕，害怕左右暴力衝突，害怕棕色政黨人打我。他說，他什麼時候都不打人不罵人。不用害怕！他說，他們不恨外國人，他們是恨那些貪吃懶惰的外國人，勤勞工作，繳納稅收，他們不恨。「繳稅光榮」，這張報紙張貼在他的辦公室裡。

　　我為那些創業失敗的人，繳納不起稅收的人感到害怕。他說，也用不著害怕，他們是主張正義的社會民主主義，對於弱勢群體，只要符合社會法規，主張扶持和照顧。

*　　　*　　　*

　　他直言：「你可以稱棕色為赭色、咖啡色、啡色、茶色，或小紅色、小綠色、小橙色、小藍色、小黃色、小紫色。棕色只有在更亮的顏色對比下才看得出來，但你絕對不能說棕色就是黑色或白色，就像你不能把行人道說成自行車道！」

　　我：「哦，棕色不是顛倒黑白。」

紅磚頭

德國 謝盛友

她家門口全是紅磚頭，它們安靜地躺在那裡，似乎在等待著什麼。

那天，她爺爺有事外出，讓她煮飯。她的個子還矮小，站在米缸旁邊，就是舀不到米。她腦子裡出現一個念頭，想到家門口那些紅磚頭。

她到門口，拿了幾塊磚頭回家，平放在米缸旁邊，墊在自己的腳底下。當她舀到米時，內心很快樂。這麼小就懂得成就感。她的第一次成功，第一次培養了她的一種成就感。

她上小學的時候，外婆給她報名，到一所藝術夜校學習畫畫。皇天不負有心人，況且她有一定的天賦，中學畢業後，考進中原美術學院。

在大學三年級的時候，她在中原國際畫展實習，認識了漢斯。

漢斯當年是自費到中原旅遊的，沒想到認識了她這個非常漂亮的女大學生。她請求漢斯出擔保，她要到卡塞爾留學美術。

大學四年級的時候，人們都在報考研究生或者忙於找工作，而她則忙於辦理出國留學。又是皇天不負有心人，手續辦得很順利。畢業那年的秋天，她就到卡塞爾讀書。

　　漢斯幫她辦理了所有的銀行手續，並為她找了房子。讀書生活過了一年，她的銀行儲蓄快用完了。

　　「漢斯，我把我的房子退了，搬到你這裡來一起居住，行嗎？」她的問話像紅磚頭一樣，方方硬硬，實實在在，但是，直攻主題。

　　漢斯暗喜。

　　生活過了幾個月後，她覺得沒勁。「漢斯怎麼這麼窮，銀行帳號上負債累累？」她心裡納悶。

　　在一次朋友聚會上她認識了皮得。她爺爺從小教育她，看男人的錢財和風度，只要看他開什麼車就行。漢斯開一輛小歐寶，皮得開一輛寶馬。皮得不如漢斯帥氣，但是，皮得比漢斯有風度。「但願皮得比漢斯有錢。」她心裡這樣盤算。可是，她的盤算發生了錯誤，皮得銀行帳號上的赤字比漢斯的更大。

　　在河邊散步，她看到很多紅磚頭，她把它們全部搬回家。大紅磚頭高高掛，她正要給磚頭拍攝藝術照的時候，皮得帶回好多朋友。在下午喝咖啡時，坐在對面的拉爾夫，一直對她微笑。告別時交換名片：拉爾夫是一家畫廊的老闆。

　　在拉爾夫的幫助下，她的攝影作品在畫廊裡展出，結算時她獲了大大的一筆錢。她接受拉爾夫緊緊的擁抱。

　　「拉爾夫比你爹年齡還大兩歲？」母親在電話裡問。

　　「是！」

「你什麼時候與他斷絕關係？」她聽後，不吭聲。而後，母親在電話的另一端只聽到她的哭聲。

　　拉爾夫用小卡車運輸她的紅磚頭到卡塞爾參加國際文獻博覽會。露天裡一共三十六組，每組三十六塊紅磚頭，組成與眾不同的藝術。

　　一陣大風颳來，颳倒大紅磚頭組合，組成更高一個級別的組合藝術。

案子

德國　謝盛友

　　林立在三角洲邊的一家石磨藍紡織廠工作，那裡的高牆上寫著「今天不努力工作；明天努力找工作！」大紅大紅的標語。

　　車間裡機器轟隆轟隆響，工人們戴著耳塞在那裡埋頭幹活，他們的眼睛緊緊地盯著從機器裡吐出來的石磨藍，檢驗它是否合格，他們無暇看一眼身邊的工友。

　　「我們什麼時候拿工資呀？」林立問。

　　車間主任笑了笑：「你們工作這麼勤奮，老闆不會讓你們吃虧的。」

　　林立得到安慰，之後繼續認真地檢驗石磨藍。

　　工廠有一個食堂，所有工人每天三餐全部免費。在食堂裡，林立他們通常自組版塊，老鄉跟老鄉吃飯時在一起，相互問長問短。不同的來源地，不同的方言，外人插進來，也無法聽懂。但是，他們來自五湖四海，卻有一個共同點，那就是製造一樣的石磨藍。

　　一個月過去了，兩個月過去了，林立他們還沒有拿到工資。第三個月也過去了，情況還是沒有改變。

今天林立他們不開工，車間主任勸導，無助於事。老闆來了，手裡拿著一疊厚厚的訂單，看到機器停轉，心裡著急得像熱鍋裡的螞蟻。「我男子漢大丈夫，說話算數，等這批貨發出去，貨款到帳，先支付工人工資！」

全體工人聽到老闆的宣佈，高興得跳躍，相互擁抱，有人熱淚盈眶。機器重新開始啟動，重新吐出一樣的石磨藍。

兩個星期以後，老闆果真拿到一大筆款，遵守諾言，給工人發放工資，但是，這是林立他們第四個月的工資，前面三個月的還被老闆拖欠著。

林立回家過年，去看望外婆，正好舅舅江平也在。江平畢業於東華法學院，現在是江平律師事務所的負責人。

「舅舅，老闆拖欠我們三個月工資，我們怎麼辦？」

「先警告，規定一個期限，若無結果，兩周後可以起訴。」

江平把起訴書送到三角洲初級法院，被退回。法院接案人說明理由：「這個案子不能接納，因為起訴理由不成立。被告是城市人，原告是鄉下人。控告一個城市人時，必須四個同一戶口所在地的鄉下人連署，才能構成一個完整的原告。」

明白人江平知道他應該怎麼辦，但是，林立回答說：「在石磨藍工廠，同一戶口所在地的鄉下來的工友，最多也才三個人，第四個人去哪裡找？」

「找第四個工友，讓其戶口遷入同一戶口所在地，這樣四人連署，就可以是一個完整的原告。」

江平把起訴書再次遞交給初級法院，被接納了下來，但是半年過去了，仍然沒有任何音信。

公安到律師事務所裡把江平帶走。刑事拘留。江平被控「幫助當事人偽造證據、違背事實改變證言罪」

尊嚴

德國　謝盛友

　　運平和運華是中學同班同學。運華高中畢業後就當上了小鎮的鎮長，十年後升任副縣長，配有專車和專門的司機。

　　運平回老家過年，當然去看運華。老同學一開口就問：「你為什麼不回國？在外面寄人籬下生活多麼沒尊嚴！」

　　運平在外面的甘苦滋味複雜，對老同學的提問顯然無法回答。

　　運華親自開車帶運平出去轉轉，並開玩笑地說：「好多年我都不開車了，但是今天，我給你當司機！」

　　運平今天是運華的貴賓，但經運華這麼一說，運平倒覺得，司機在運華眼裡是低人一等的僕從。

　　運華運平在一家餐館吃飯。到了該點菜的時候，運華一招手，四個服務員同時快步躬身迎上來。那是一個特殊的包間，配有四個服務員站在房間四角隨時待命。運華嫌他們有礙同學間的私密話題，於是把他們趕到了門外。每次有要求，運華只需要一招手或對外高聲叫道：服務員，再拿份菜單！服務員，飲料！服務員，點煙！服務員就會立刻出現。

當運華再次埋頭揮手招人時，沒有注意到身後一個服務員手裡拿了一杯酒，正準備遞給運華，結果酒杯被打落在地，一些酒灑在運華身上。運華大眼一瞪，服務員嚇得面如灰色，連連道歉。

運平坐在一旁，津津有味地「欣賞」著老同學運華那高高在上，猶如指揮千軍萬馬的氣勢，想像不了這位昔日見了女生就滿臉通紅、以至初戀情人被人搶走後無助地失聲痛哭的男孩，今天的口氣竟然如此鏗鏘有力。權力金錢，把運華從懦夫變成強者。

運平回憶自己在外面讀書時，不也曾在餐館端過盤子洗過碗，可是從來沒有人對自己大呼小叫過。那時運平餐館業務很糟，不時會出錯或拿錯了菜，但大多數客人還是投以理解的一笑，或者禮貌地要求換菜，幽默一點的客人還謝謝運平，讓他們嘗到了一道新菜。若客人對運平的服務滿意，還會給小費。

運華說：「在外面那麼不好混啊，為什麼不回來？人活得要有尊嚴！」

運平腦子裡還是很亂，運華還在那裡理直氣壯地說：「我花錢買服務，聽我的使喚是他們份內的事！」運華認為，有錢可以買人家的服務，還可以賣自己的傲慢和不尊。

運華親自開車送運平去國際機場，告別時老同學再問：「你什麼時候回國？我會讓你活得更有尊嚴！」

運平的滋味更複雜，對老同學的邀請更覺得自己沒有能力回答。

金日成的筆記

德國　謝盛友

范美忠大喊一聲：「地震了，同學們快跑！」范美忠沒有帶走他七十多歲年邁的老母親，也沒有帶走自己的兒子，範美忠帶走一箱沉甸甸的金日成筆記。

范美忠很得意：「金老大，請進，請看人民日報怎樣表揚我！」

「祝賀您，我一般不在那裡玩，應該很不容易發表吧！」金大中暗地偷笑。其實，范美忠根本不知道，他為什麼會上人民日報。

金小中：「還在那裡自我陶醉，自我膨脹呢，連金老大的暗笑都不懂閱讀。如今的人，都活得成什麼樣子！」金小中恨不得拿著拳頭去打一下範美忠。

金老大出來圓場：「不是我說你，范美忠，如果你有小孩，你會讓你的小孩當范跑跑的學生嗎？以前跟你說過：在學校裡做學士，在網路裡做網士。你就是不聽話。」

都怪大家不聽毛主席的話。毛主席：「蔣主席不讀中央日報，我不讀人民日報。」偏偏大家都爭購爭讀人民日報。網路裡

的人就是忘落，不是說好的嗎？凡是毛主席說的都是對的；凡是毛主席做的都是正確的！

金小中就越來越不懂啦，越來越納悶，突然間不假思索吐出一句：「不是不聽毛主席的話，那是假的人民日報！」

總設計師發火了，下命令：「什麼真的假的，什麼真的人民日報假的人民日報，不管真貓假貓，只要抓到老鼠就是好貓。發展是硬道理！」

死刑

德國 謝盛友

法院院長對文昌說：「我判他死刑，二審時你得救他啊！」

儘管院長和文昌從小學到大學一直都是同班同學，也是好友，但是，文昌聽了還是很生氣：「真荒唐！你給他判死刑，讓我去救？」

院長答：「我不敢不判啊！」

文昌上小學的時候，有一天必須到公社裡去，全學校的師生、全體生產隊的社員都要去。人民公社大概有四百多的生產隊，三十多所小學和一所中學，所有的人，不論男女老少今天都必須到公社裡開會，聽宣判大會。每個生產隊、每個班級都有一面紅旗，那天，公社會場變成了旗海，紅旗飄飄。到處都可以看到標語：「敵人痛苦之時，人民快樂之刻！」「槍斃向京！熱烈慶祝人民的勝利！」

宣判大會開始，先是宣判有期徒刑。本來公社通知說好的，壓軸戲是宣判向京死刑，並且立刻執行，槍斃！全公社的人在太陽底下等著，都想親眼一睹，向京如何被斃死。不知道怎麼搞的，就是沒有把向京拉回來槍斃，人民不歡而散，懊喪而回家。

文昌與其他同學更是懷恨在心，懷疑肯定是縣政府搞的鬼，害得他們白白高舉紅旗，白白等了一整天，連死刑、槍斃人都沒有看到，等於什麼都沒有看到。這叫什麼宣判會？

文昌大學畢業後出版過一本集子《危言》，因「涉嫌非法出版」被捕。冬天，他和兩個死囚關在一個號子裡。那夜，文昌胃出血，拉出來的全是一塊一塊的血，往盆子裡吐的也全是血。文昌想，他沒被判死刑，這回真的要死了，而且死在囚犯的前面。當他醒過來時，發現自己沒有死，也沒有被搬走。他聽到牢裡的人都在大聲地報他的號，這裡有人病了。

好不容易來了個員警，看了看躺在地上的文昌，踢他一腳，以為他是裝病，走了。另外兩個同號囚犯用手銬使勁地砸著鐵門，大聲叫道：「你們還管不管啊，人都要死了！」

文昌內心震撼：「他們是囚犯，等死的人，現在等著有人來救我！」

監獄的環境迫使文昌思考問題，他開始研究監獄亞文化，寫獄中手記。走火入魔。

文昌重複：「律師不是天使，也不是魔鬼；律師既不代表正義，也不代表邪惡，只是通過參與訴訟活動的整個過程來實現和體現法律的公正。」

文昌被扣上「腐敗幫兇」的帽子，他做律師的職責是，最大限度維護委託人的合法權益，必須是這樣，如果不是這樣就不是律師。

那夜，公社出了人命，被坦克壓死很多人，全體公社社員只有兩隻眼睛，都沒有看見死人。魯迅用第三隻眼睛，什麼都

看得見，一夜之間把所有屍體搬走，洗清血跡，連夜把血熬成《藥》。

公社發言人何明：我敢大膽地說：「沒見過一個死人！」

藥出口，遠銷北國。北國政府用血紅血紅的藥，變成血紅血紅的公章，血紅血紅的公章變成血紅血紅的文件：九月三十日之前就已在德國居留的留學生和學者可以獲得B簽證，留下來。

何明的兒子何言在北國學精算，畢業後留下做AOK全民醫療保險工作。

北風吹，何言回到人民公社推廣AOK全民醫療保險。何言貪汙六百億，法院426一審，判死刑。

院長、何明、文昌都是中學同班同學，二審時都在場，一個是宣判者，一個是旁聽者，一個是辯護者。個個比被告何言還心急。

文昌盡力壓制內心的煩，想起足球十一米罰點球。此時，院長是裁判，何明是觀眾，文昌是射手，何言是守門員。

十一米罰點球結果：二審改判死緩。

說謊的天使

德國 麥勝梅

　　午後，陽光在天空中閃爍，照得一輛剛剛從洗車房駛出來的寶馬車發光。孟杉瞇著眼看自己的愛車，下意識用抹布把殘留車上的水珠擦乾淨，那黑溜溜的高貴色澤，看著看著，孟杉愈看愈喜歡。

　　驀然，一輛小轎車在他面前停下，一個時尚女孩開門出來，朝他笑一笑。

　　孟杉不禁細細打量著眼前那雙水靈般的眼睛、白裡透紅的臉頰和修長的腿，加上迷你短裙和長靴，是他從未見過的美麗組合。

　　「是妳……林珊！怎麼會在這裡呢？」他似乎發現新大陸般地說。

　　「怎麼我不可以在這兒？」林珊渾身散發青春的魅力。

　　「我是說，在這麼燦爛的週末妳不會沒有節目吧？」他俯視著她說。

　　「要是我沒有呢？」她淺淺一笑，然後輕輕地問。

　　林珊第一次在一晚酒會中見到孟杉時，覺得他說話風趣人長得也帥氣，就對他有好感，可惜這一點孟杉當時並沒有發覺到。

「那麼，今晚有興趣和我去吃飯嗎？」孟杉試探著。

「好！」她欣然回答，眼睛盯在他的寶馬車。

孟杉沒想到約會就這樣敲定了，更沒想到他就這樣墜入愛河中，和林珊在一起他很快樂，讓他每天都有一種被天使縱寵的感覺。

周遭朋友慢慢的觀察到孟杉的變化，不是今天要陪美眉治裝、購買名牌禮物，就是明天替她解決「錢緊」的問題，出手之闊綽，煞是一個慷慨的大亨！顯然，愛情沖昏了孟杉的頭，朋友不禁替他擔心起來。

那天下班後，孟杉懷著欣喜的心情去會情人，只見林珊淚流滿面坐在那兒，他便追問原因，不問還好，一問之下，林珊就哭得更傷心，孟杉卻不知如何安慰她。

半晌，她才說：「我男友……他不讓我赴你的約，他對我大吵大吼後，又說愛我不能沒有我，跪下來苦苦哀求我不要離開他！」

她的男友？她不是說過他們的感情早已蕩然無存，怎麼還牽扯不清呢？還同住一個房子呢？孟杉真的不明白。

「他知道我愛上你後他就失控了，我們經常吵架和互相詛咒對方，幾天前他酗酒肇事，還開車撞傷了人，駕駛執照被員警扣留住了……我早就想離開他！請相信我愛的是你！」林珊說道。

這一切來得太突然，孟杉在毫無準備之下當了第三者，不免有一點內疚，但又不捨得就此割愛，面對淚痕縱橫的林珊，孟杉油然生起憐香惜玉之心，安慰她：「不要難過，我們暫時不見

面，妳回去好好處理你們的事，我會等妳，等妳離開他後，我會對妳負責任的。」

孟杉又一次來到加油站來，他記得去年此時此地遇見林珊，記得她說過「我要念大學，要賺大錢和買大車！」哈！他不是一直在想支持她完成學業嗎？他願意為愛情付出的，可是她人呢？她始終沒離開她的男友，他不禁問自己這樣默默等待有何意義，在心頭裡湧起隱隱約約的悲愴來。

孟杉加完油後，順手買了一份報紙才開車回家。還沒踏入家電話鈴聲不停的響，原來是好友阿湯的電話，劈口就問他有沒讀報，並囑咐他鎮定地看，不等孟杉回答就掛電話了。孟杉翻開剛買的報紙一看，心想會有甚麼新聞讓阿湯那麼大驚小怪的？

在不大起眼的角落報導一項謀殺案：「男子殺女友十八刀後自盡！」手段太兇殘，讓人不寒而慄。

兇手留下遺書聲稱五年前女友剛與大她二十歲的丈夫離婚時，便跟他同居起來，然而，這女友的性格極開放生活極奢華，他自稱是一個努力捍衛他們愛情的人，在五年中曾經千方百計使跟她交往過的八名男子知難而退，直到第九號男友的出現他才感到受威脅，知道女友喜歡開跑車，男子不顧負債累累買了一輛寶馬跑車送給她，他的孤注一擲顯然產生效果，她終於放棄了第九號男友。

半年後他不幸被裁員，失業後生活拮据，恰恰這時女友又另結新歡，這次說甚麼他也不能接受這個事實，於是一時暴怒起來，瘋狂地刺殺提著箱子要出走的女友。

遺書上還說：他犯的錯誤就是太愛她！愛得太累了，所以要帶著愛情與她同歸於盡。

　　看到這裡，直覺告訴孟杉被殺死的是林珊！他忽覺眼前一黑，立即昏倒過去。

愛的抉擇

德國 麥勝梅

　　李季莒一直堅信戀愛、結婚、生子是愛的三部曲。可是在認識比爾之後，發現真實的人生中，每一個愛的驛站可以與其他的毫無關係，一段長跑的愛情未必就有結果，任何肌膚之親並不具備任何承諾；沒有深厚感情的婚姻，勢必因背負期待而蒼白，正如他倆之間就是如此。

　　一個風光明媚的夏日，好友麗沙帶了一對可愛的子女來訪，她記憶中，至今還浮現著麗沙抱著她第一個孩子的幸福樣子，也清楚地記得在前年第二個孩子出生時，麗沙用她的名字「季莒」來替孩子取名，她的確深深地被感動，彷彿自己也當了孩子的媽媽，那種溫馨的感覺是她畢生難忘。

　　孩子們一見李季莒就親熱地喊阿姨，她也開心地親吻著這兩個寶貝，看到頑皮的小湯姆長得比以前高了，和口齒伶俐的小季莒才兩歲不到，已經會表達很多語句，她感到無比的快樂。整個下午就纏著她要和他們玩耍，沒讓她和麗沙好好聊天。

　　麗沙和孩子們走後，她就問比爾，什麼時候李季莒她也當媽媽？沒想到比爾卻不經意地說：「我認為兩人世界多好呀，我有

你，你有我，我們甚麼都不缺！」

以前她沒想到要生兒育女，因為忙著工作，害怕孩子一來就妨礙她工作。到了一切上軌道時，作母親之夢卻圓不了，有陣子她還懷疑過他倆之間有一方是不育者，百思不解的是，體檢結果兩人皆屬健康，問題在哪兒？彼此都歸咎于對方。

天空一片迷濛，入冬後法蘭克福已踏入日短夜長的季節，車站前的街燈提早一小時點亮，形色匆匆的過客稍縱即逝，只有李季苣滿臉迷惘，在一家叫燕京的餐廳前徘徊著。良久，餐廳門打開了，走出來的沈山一見李季苣瑟縮在光禿禿的路樹下，急忙向前迎接她，一邊熱情擁抱著已快被凍僵的她，一邊說：「快叫一杯奶茶來暖身！」

十年不見，李季苣打量著穿著西裝打著領結的他，昔日的靦腆不再，取代的是中年人的溫文穩重。可不是嗎，李季苣已經三十五歲，真是歲月不饒人呀，她忍不住想起和她有夫妻關係而不願和她生兒育女的男人。

「見到你我真高興！我……謝謝你。」她一開口便熱淚盈眶。沈山凝視她半刻，他知道這次是一個不尋常的約會。李季苣是他交往過四年的前女友，當年的她為了工作而離開法城到漢堡去，沒多久她就結婚了，而他則留校任教，一直守候著大學城，心無旁騖地做研究工作，生活頗愜意。

「沒事吧？」沈山連忙拿出手帕要為她擦眼淚，冷不防碰倒桌上的啤酒杯，季苣來不及接住杯子，被倒瀉的啤酒沾濕了半邊上衣和褲子。「對不起，對不起！」他有點急了。她發現他那略帶慌張的神情並沒有改變，忍不住破涕為笑，記得他

們第一次在愛爾蘭咖啡吧約會時，他也顯得有點手忙腳亂的樣子。

李季苣回憶那段大學生快樂的日子，讀書雖忙，到了週末節目可多了，總是跳了整晚舞還不覺得累，那時他們還年輕！

他見她心情好轉便也釋懷，笑著說：「這裡是自助餐廳，那邊桌上擺滿了各種壽司和中式佳餚，看起來太誘人了！我在等你時，已吞下一肚子口水啦！」沈山說著攬著她走向長桌去。

也許喝多了，沈山話比以前多，她整個晚上幾乎只在聆聽。

她回到家時，見到家裡沒人，感覺非常無奈。最近比爾滯留在外的時間愈來愈多，他有意回避她嗎？難怪彼此的心靈都疏離了。

她不怪他，然而，成為母親的意念如此強烈，促使她咬緊牙根做她該做的事，先找了房子搬出去，還跑了一趟律師事務所，委託律師辦理離婚手續，她知道以後的路或許不好走，但是，她深信脫離了婚姻約束，才會有另一種新生。

春節過去了，她的月事兩個月還沒來，一想到可能是懷喜便趕緊去看醫生。沒想到醫生告訴她真的懷孕了，她狂喜地抱著醫生又叫又笑。

人生永遠不嫌遲，做為一個準媽媽她是十分稱職的，每天作適度的運動，注重營養，保持愉快的心情，不僅定時作產檢，還接受羊水穿刺檢查胎兒是否健康。她最大的樂趣就是為寶寶佈置房間，一有時間就去購買嬰兒衣物，十分自得其樂。

在仲夏的某一日，她終於如願順利產下一子，孩子有著濃黑頭髮，小嘴巴以及黃中帶紅的膚色，他是產房中唯一不被認

錯的亞裔嬰兒。正盤算要給他取甚麼名字的時候，護士小姐進來對她說：「外面有兩位男士，很奇怪的都自稱自己是孩子的爸爸！」

她楞了一下，只見第一個衝進來的是沈山，急切看了孩子一眼，立刻喜上眉梢說：「你真行！我到處打電話找你都找不著，要不是麗沙告訴我，真不知……我當爸爸啦！」繼之是左手抱著一袋尿布右手拿著奶瓶的比爾走進來，笑嘻嘻地說：「免費的褓姆來啦！」

這麼多的關懷和包容使她一時哽咽了，她紅了眼睛，半天說不出話來。

王醫生診所失竊案

德國　黃雨欣

　　王醫生正在電腦上埋頭工作著，側間助手康妮登記台的電話突然響了起來，康妮和自己忙了整整一天，連個喘息的時間都沒有，這會肯定是去洗手間了，王醫生只好離開電腦起身去登記台接聽電話。

　　王醫生在德國名牌醫科大學順利通過博士論文後，在柏林市中心開設了自己的內科診療所，並添置了世界頂級的醫療設備，王醫生利用西方儀器診斷，同時配合中國傳統醫術治療的方法吸引了一些疑難病症慕名前來，很多病患經過王醫生的妙手診治已經痊癒，漸漸地，他在當地便小有名氣了。

　　聖誕前的一個星期，王醫生診療所的病患比以往要多上幾倍，這天，王醫生和德國助手康妮馬不停蹄地一直忙到傍晚，直到送走了最後一個病患，才從康妮手裡接過一杯熱茶，雖然此時已經到了下班的時間，但王醫生還是按照習慣，打開手提電腦整理當天的病案。

　　這台戴爾筆記型電腦已經陪伴王醫生有些年頭了，裡面陸續存入了他大量的專業論文和成功病案。王醫生打算日後把電腦裡

這些有學術價值的東西整理出來送交出版社，在德國出版一本中國醫生的專著一直是王醫生的心願。目前這台電腦除了啟動的速度有些緩慢，其他功能還都正常，王醫生也就沒有近期更換電腦的打算。

王醫生正在電話裡耐心地向患者解釋服藥的禁忌時，隱約聽見診室裡似乎有人進出，王醫生以為是康妮在為他清理辦公桌也就沒在意。等他放下電話，卻見康妮從外面進來，手裡拿著一瓶裝在精美禮物袋裡的紅酒，笑盈盈地送到他手裡並祝他「聖誕快樂」，這時王醫生猛然意識到，剛才進出他診室的並不是助手康妮，他急忙回到診室，只見裡面一切如故，雖然配件和插線還在，但桌上的手提電腦卻不翼而飛了。

王醫生和康妮不敢怠慢，立刻電話報警。整整過了一個小時，員警才姍姍來遲，問了他們幾個不疼不癢的問題後，王醫生建議員警提取插線上指紋化驗，員警卻不以為然地說：「不過就是一台舊電腦，如果連這樣的小案子都要花費時間化驗指紋，我們員警還哪有精力去破恐怖襲擊偷渡販毒之類的要案？」一句話說得王醫生啞口無言。

第二天，王醫生請來一位私人偵探，這位偵探讓王醫生回想當天出入診所的人員情況，並問康妮離開那會兒可曾在門前遇到熟人？康妮回答說：「熟人沒遇到，倒是看到房管員的車子停在診所門前。」私人偵探說：「這個人很可疑，身為房管員，他有主門的鑰匙，而你們診所開診時又不鎖門，此時兩道門對他來說都是通行無阻的，這樣吧，你付兩千歐元，我保證兩天之內破案。」

王醫生苦笑道：「兩千歐？我那台老爺電腦要是出手的話，連二百歐都不值，若不是裡面的檔，我連報警的環節都省了！」

送走私人偵探，康妮說：「如果真是房管員偷的電腦，他肯定不是衝裡面的醫學檔去的，我知道他有個剛上中學的兒子，他很可能是想送兒子一台電腦當聖誕禮物。」一句話提醒了王醫生，他鋪開紙，用嫻熟的德文寫到：

「尊敬的賊先生，今天您輕車熟路地來到我的診所並拿走了屬於我的電腦，我已經報警備案，員警先生也掌握了您偷竊時不當心留下的證據，相信不久他們會給我一個滿意的答覆。臨近聖誕，我考慮到那台電腦已經很舊了，如果您需要就送您當作聖誕禮物吧，但請您務必把裡面的檔悉數拷貝給我，否則我的病患會遇到麻煩，如果您認為我的建議還不錯的話，收到檔後我會立刻去警局銷案。祝聖誕快樂！您的朋友王醫生」

王醫生關照康妮將這張紙複印後分別貼在診所的大門前、地下室入口處及車庫旁醒目的位置，因為這幾個地方都是房管員經常光顧的。

兩天後，王醫生收到一個包裝成聖誕禮物樣的禮品信封，打開一看，裡面是幾張光碟，王醫生忙把光碟塞進康妮的電腦，只見王醫生電腦裡的所有檔都在。王醫生笑著對康妮說：

「這才是我今年收到的最好的聖誕禮物！」

說完，王醫生撥通了警局的電話，取消了報案。

心機

德國　黃雨欣

　　瀟瀟要搬新家了，房子已經找好，和先生商量，打算添置一些新的傢俱，有些顯然不符合新居的舊傢俱扔了可惜，瀟瀟就在電腦上列印了一些廣告，準備貼在大學裡，新來的學生如果需要的話，就象徵性地收點費用，念在大家都是異國求學的學生，電視機電冰箱的也就賣個白菜價吧！

　　那天，上了一上午課的瀟瀟剛剛在食堂吃過午飯，就到資訊交流板前查看，想知道自己貼出的廣告有沒有人感興趣。她看到那一連串經過她裁剪的電話號碼仍像一面面小旗子垂頭喪氣地掛在資訊板上，眼看著就要淹沒在五花八門的新資訊裡，瀟瀟歎了一口氣，心想，如今的中國留學生真是越來越有錢了，吃穿用的都是名牌，他們要麼不買，要買就買新的好的，哪像幾年前我們兩個出國讀書時，家裡用的除了朋友送的就是這樣淘來的二手貨……

　　瀟瀟正感歎著，只見一位穿戴很時髦的中國女人來到了黑板前，專注地搜索著資訊，看到正要離開的瀟瀟，她就上前搭訕，問瀟瀟是不是中國人，一聽口音竟然還是同鄉，時髦女人就熱情

地拉著瀟瀟噓寒問暖。通過寒暄，瀟瀟知道這個女人是陪著丈夫來進修的，因她不懂德文，就讓瀟瀟幫忙看看這裡有沒有處理家電的廣告。瀟瀟就把自己的廣告指給她看，並告訴她：「這些東西性能很好，還便宜，反正你們短期進修也不必花錢買新的，感興趣的話就來我家看看吧。」時髦女人就撕下一條瀟瀟的電話，以便回頭聯繫。

這以後，瀟瀟就幾乎天天接到她那個時髦同鄉的電話，那個女人絕口不提買東西的事，只是和瀟瀟東拉西扯地聊家常，然後又不由分說給瀟瀟包餃子送過來，期間還蒸了一盒蘿蔔糕給瀟瀟吃。就在她給瀟瀟送第三次餃子後，臨別時，不經意地問瀟瀟：「瀟瀟妹，我不是一直想要買你的家電嗎？我忘了你的電視機賣多少錢來著？」

瀟瀟爽快地回答道：「姐姐你說什麼呢？我們都已經是朋友了，這台電視機我都看了兩年了，搬家正要換台大的，姐姐需要你就找時間搬走好了。」

聽了瀟瀟的話，這位同鄉姐姐臉上笑開了花，摟著瀟瀟的肩膀說：「我就說嘛，異國他鄉的，有個妹妹照應著就是好，以後妹妹有什麼事也儘管和姐姐說，只要我能辦到，絕不會讓我妹妹受委屈。」聽了這番熱情的話語，瀟瀟心裡一熱，出國幾年來，雖然和先生也是恩恩愛愛的，但心裡那份孤獨和對親情的渴望卻是家庭生活不能代替的。現在，老天把這個漂亮的同鄉姐姐送到她面前，瀟瀟很是珍惜。

這時，同鄉姐姐又問：「妹妹搬家後，你這台洗衣機就不要了吧？要不我也一併搬走吧！」

瀟瀟為難地說：「原來新房子的樓下是有公共洗衣房的，我就想把洗衣機處理掉，可是上個月，洗衣房關了，我只好再把洗衣機搬過去，姐姐如果需要洗衣機，我再幫你在同學中間留意著。」

　　聽瀟瀟如此回答，這位時髦同鄉的臉色就明顯地難看起來，搞得瀟瀟心裡很不是滋味，倒像自己平白無故地欠了她一台洗衣機似的。

　　從那以後，瀟瀟那位時髦同鄉就沒再露面。有時瀟瀟主動給她打電話問候，那邊的口氣也是很冷淡的，三言兩語敷衍幾下了事。起初瀟瀟百思不解，不明白這種關係突然冷淡的原因，後來瀟瀟忙著搬家忙著上學忙著和先生過柴米油鹽的小日子，漸漸地也就不把這事放在心上了。直到有一天，瀟瀟偶然聽到別人說起那位時髦同鄉，說那位姐姐曾經抱怨瀟瀟：「還是同鄉呢，那麼吝嗇，害得我三頓餃子才換來一台電視機，可惜洗衣機沒弄到，白搭了一盒蘿蔔糕了！」

如花心經

德國　黃雨欣

一

青春靚麗的我，在國內本來是搞藝術體操的，身邊蜂環蝶繞著數不清的追求者，卻仗著如花美貌，對那些還算優秀的單身男士一個都不上心，偏偏醉心於和頂頭上司的不軌之戀。他既有歲月有風度，也有金錢有權勢，還有呼風喚雨的能量。如此男人奇貨可居，當然早已成了別人的老公。我迷戀他的一切，尤其被他嬌寵的感覺，並不在乎名分，發誓如果可能，寧願作他家庭背後永遠的甜心。

怎奈，落花有情，流水無意。他仕途升遷，為了不給政敵落下把柄，寧願犧牲我的柔情。傷心之下，我踏上了留學德國的旅途。他沒有挽留我，卻給了我一大筆錢。

二

藝術體操在國內屬於青春飯碗，這回我準備脫胎換骨改為實力派，所以申請專業時我選擇了教育心理學。然而，異國他鄉的求學之路艱難得超出了我的想像。我靠著我那位上司情人給我的

錢沒打一天工終於挺過了語言關。雖然通過了語言考試，可專業課只學了兩個學期就撐不下去了，課程難是一方面，更重要的是經濟上也難以為繼。就在我一籌莫展之際，一個在德國有居留的IT精英向我遞送玫瑰花，於是，孤苦無依的我和他閃電般地生活在一起了，日常一切開銷均由他負擔，我像妻子一樣為他放棄學業操持家務，做著夫貴妻榮的美夢。

三

不久，得知懷了他的孩子，我欣喜異常，他卻冷冷地要我打掉這個孩子，並直言他並不打算與我長相廝守，同居不過是雙方暫時的安慰。就算我堅持要這個孩子，也別想用孩子拴住婚姻。

一場激烈地爭吵爆發後，我執意留下這個孩子，並賭氣地揚言孩子生下後和他再無瓜葛。他同意在我孕產期間仍住在他那裡，並答應孩子生下後一次性付清撫養費，然後各走各路。從此，我們各居一室，像同一個房東的兩個房客，彼此生分客氣，只是看在我是孕婦的份上，日常開銷一如既往仍然由他負擔。

我對婚姻的美好憧憬瞬間被這個男人擊得粉碎，終日以淚洗面，為我腹中的孩子鳴冤叫屈，他還沒出生，他的爸爸就不要他了。

四

托他的精英福，經過十月懷胎，胎兒順利降生，是個健康可愛的女兒。女兒繼承了我的美麗和他的聰慧，人見人愛。

為了我和女兒今後的生活，在她百日之後，我狠著心腸把她送到日托保姆那裡，回歸老本行，在區政府成人夜校找到一份教授健美操的工作。我的學員來自各行各業，我與他們相處融洽。他們知道我的處境後紛紛伸出援手，又為我介紹了幾份體操教練的工作，我在工作中找到了自己的價值恢復了自信。我已經能夠憑藉自己的力量生存了，就和女兒從IT精英那裡搬了出來，做了單身母親。

五

恢復自由之身後，我每天都能收到不同男人送來的玫瑰花，他們當中有我當銀行經理的學生，有與我同專業的德國同事，也有各種派對上結識的中國留學生。在這眾多的追求者中，還有一位曾經讓我淚流滿面徹夜難眠的特殊人士，經過再三權衡，我終於答應了他的下跪求婚。在我女兒半歲時，也就是那一年的聖誕之際，我們雙雙步入婚姻的殿堂，組成了一個完美的家庭。緊接下來就迎來了新的一年，我相信，我悲傷的眼淚都在過去的一年流盡了，隨著新年的來臨，我也將開始我嶄新的人生。

婚禮上，鄭重其事地給我帶上鑽石婚戒的男人就是那個當初拒絕婚姻的IT精英，也就是我女兒的親生父親。是我的自尊自強讓他最終真正愛上了我，也是他和女兒血濃於水的親緣讓我重新接納了他。

狐狸精造反

德國 黃雨欣

一點沒誇張，這絕對是一隻真正的極品狐狸精。

話說從頭：

託歐洲宜人氣候的福，我家的陽臺外面，一年四季裡，差不多有三個季節都是芳草萋萋綠樹成蔭，天氣好的時候，我就經常坐在陽臺上觀賞那些從草叢中樹林裡鑽出來的小動物，有時是幾隻棕黃的小松鼠，有時是兩隻灰白的小兔子，我甚至還親眼看到過小松鼠智鬥老烏鴉的驚險場面呢，這些上躥下跳的小動物們構成了一幅幅大自然的和諧畫面。除了這些毫無危害的小動物，間或還能遭遇個把拖著長尾巴的狐狸。那晚，我就是又一次在陽臺上遭遇了狐狸 —— 而且還是隻成了精的紅毛狐狸。

說起來，那隻狐狸肯定是被我的高超廚藝吸引來的，因為晚飯時，我醬了一塊牛肉放在陽臺上，希望涼得快一些好切盤，等我再去陽臺取肉時，一個不可思議的景象令我目瞪口呆：我眼睜睜地看見一隻尖嘴的紅毛狐狸拖著逶迤的長尾巴竄上了陽臺，正在向那塊醬牛肉逼近。狐仙大人的到來，令我一聲尖叫脫口而出，那隻狐狸聽到我的高分貝尖叫也不害怕，眼裡綠光一閃一閃

的昂然地和我對視著，它在公然挑釁我的膽量。我本該轉身逃掉的，此時卻像是瞬間被眼前這位狐仙施了定身術一般立在原地動彈不得。蒲松齡先生筆下關於狐狸精的描寫一股腦地湧進了腦海，走馬燈一般晃得我六神無主，我心想：眼前這位，也許就是傳說中的狐狸精了，都說狐狸精惹不得，一旦得罪了狐仙大人，是男的要被蠱魅，是女的要被報復，我還是不要惹它為好，那塊牛肉索性就給它做晚餐吧。想到這裡，我的神經馬上鬆懈了下來，於是，我放棄了和它的對峙，正要轉身離開，沒想到，我家憨哥不知何時衝了出來，只聽他在我身後一聲怒喝：「給我滾開，騷狐狸！」我還沒來得及阻止他的魯莽，說時遲剎時快，隨著他的吼聲一隻掃帚疙瘩已經從他的手中飛將過去，準確地砸在了入侵的狐狸精身上，狐狸狼狼逃竄了。

晚飯時，那塊醬牛肉我是說什麼都咽不下去，總覺得那應該是狐仙的口糧，憨哥卻不管不顧地吃得津津有味，我不無擔心地數落他：「你說你，怎麼竟敢得罪狐仙呢？聊齋裡的故事你不知道？」他說，故事都是編的，專騙你這種神經質的女子！

夜裡，我做了一個奇怪的夢，我夢見外面下著大雨，屋外有人敲門，我問：「誰呀？」來人答：「是我呀，姨媽，我剛從國內回來，我媽讓我給你帶來很多好東西！」這個聲音很熟悉，那是在國內度假的大侄兒的聲音，就毫無戒備地把門打開，門外卻不見大侄兒的身影，倒歪歪斜斜地走進來一個小矮人，我定睛一看，小矮人和大侄兒長得一樣，說話聲音一樣，就是個頭比大侄兒矮了好幾個數量級。矮人進門來就踩了一屋子的大泥巴，還從包裡掏出兩坨黑乎乎的東西說是給我們的禮物……

醒來後我一邊疑惑著我的夢境一邊拉開百葉窗，這時，窗外的景象又一次讓我目瞪口呆：只見陽臺上一片狼藉，花園的垃圾箱被扒倒在一旁，裡面的廣告紙空奶盒塑膠袋等廢物竟然東一片西一片地都被散落在了陽臺上，最可恨的是，就在陽臺的落地窗前，赫然地擺放了兩坨兒黑乎乎動物的排泄物……

　　很顯然，這就是得罪狐狸精的後果，事實教育了我家憨哥，聊齋裡的故事並不完全是憑空捏造出來騙騙我等小女子的……

虛名之下

德國　黃雨欣

　　瀟瀟今年一連出版了三本書，內容都是關於中國人在海外生存現狀的。雖然這些年來一直筆耕不輟，直到幾本書實實在在地擺在面前，面對作家這個稱謂，瀟瀟心裡才感到踏實些。瀟瀟本來也沒指望它能暢銷揚名立萬，只不過對自己有個交待罷了，也別白白痛苦了可憐的肩周後背。瀟瀟的書網路上熱賣，親朋好友們也非常捧場，得到消息後都爭先恐後地踴躍訂購，瀟瀟很知足，不管別人怎麼看，最起碼在她的熟人中間，自己多年的努力得到了認可。

　　從那以後，無論是走在街上還是坐在地鐵裡，總有同胞笑盈盈地上前打招呼：「瀟作家吧？您的作品我很愛讀呢，因為您寫的都是我們身邊的事呀！」

　　閒暇，有時瀟瀟和以往一樣在咖啡吧裡慢悠悠地品一杯咖啡，或到哪家地道的中餐館裡享用風味小吃，結帳時常被老闆告知：「已經有讀者替您付過帳了！」有的老闆甚至說：「瀟作家，這頓飯我請了，以後我家小女就拜您為師了，她的中文就請您多費心！」

順便交待一下，早在幾年前，就有朋友紛紛把孩子送到瀟瀟的書房裡，請瀟瀟輔導中文。後來，瀟瀟索性就正式註冊了中文學校，大大方方地在書房裡開課授徒了，雖然教的都是身邊朋友的孩子，由於孩子們用功好學，瀟瀟教的又認真獨特，幾年下來，除了撰文寫作，僅憑教書，瀟瀟在當地也是一名響噹噹的中文老師。

　　隨著幾本書在當地華人間的流傳，瀟瀟的稱謂逐漸由過去的「瀟老師」過渡到了現在的「瀟作家」，開始瀟瀟還不以為然，不久她就習慣了，心裡也把自己當作了「名人」。然而，「名人」雖然叫起來好聽，卻不是那麼好當的。

　　這不，瀟瀟剛接到一個自稱是醫生的電話，上來就和瀟瀟談她的書，瀟瀟問：「您是我的讀者嗎？」

　　醫生矢口否定，緊接著又大誇瀟瀟的文筆如何動人，她的中文班如何成功，瀟瀟疑惑起來，不禁又問：「您家裡有學齡的孩子要學中文？」

　　醫生又說：「不不，我的孩子已經成年了。」

　　瀟瀟說：「您直說吧，我到底能幫到您什麼？」

　　這回醫生不再兜圈子，聲言自己行醫多年，有些病例需要整理，怎奈自己文筆不好，想找瀟瀟幫忙執筆潤色。

　　「我明白了，您是要出書，找我當槍手！」

　　聽了瀟瀟的判斷，醫生連忙又否認：「您誤會了，我就想和您交個朋友，幫我把我的病例記錄下來，而且您幫我的同時您自己也會有所收穫，因為您是作家，這些病例很有意思的，能成為您下一部書的素材。」

他倒是挺會勸說別人的！

瀟瀟問：「您不會是個心理醫生吧？」

他沒有正面回答瀟瀟，只說：「我們還是約個時間面談吧，您何時有空？」

這算什麼？瀟瀟心裡冷笑：明明是他找我幫忙，倒弄得好像白給個大便宜讓我占，關鍵處又閃爍其詞，呵呵！瀟瀟告訴他：「我正忙著寫書教書呢，替人捉刀，沒空！」

打發了莫名其妙的醫生，還來不及調整自己的心情，上課的孩子們已經陸續到齊，面對這些聰明活潑的快樂天使們，瀟瀟所有的不快都煙消雲散了。好時光沒持續多久，助手又叫瀟瀟接聽電話，瀟瀟說：「上課時，甭管誰的電話，一律讓他半個小時後下課再打來！」助手說：「他說很急，人命關天！」瀟瀟一驚，二話不說連忙接過電話，只聽耳機裡一個口齒不清的南方口音在大呼小叫：「瀟作家呀，救命啦，你幫我寫個裝置好不？」

瀟瀟說：「您別急，慢點說，您要我寫什麼裝置？」

「就是裝置啦，告狀的裝置呀，我被人欺負，不要活啦……」

這回瀟瀟又明白了，那人要她幫忙寫狀子！瀟瀟哭笑不得：「告狀呀，你找律師呀，找我一個教書的有什麼用！」

「找啦呀，我寫的東西律師看不懂，是他讓我找個文筆好的來寫的……」

瀟瀟吁了一口長氣，耐著性子鄭重其事地告訴他：「對不起這位先生，我正在教書，等我哪天關了學堂，支張小桌，搬個小

板凳坐在大街上，然後再掛個招牌，上書：代寫書信、狀子。到那時您再來找我給您寫狀子吧！」

不對勁

德國 黃雨欣

四十八歲的劉柳,掛著副諸事看不順眼而又疏於保養的面相,和那些活得滋潤舉止優雅的同齡女人相比,她總感覺比誰都強又比誰都不如。好歹自己也是個國內一流大學裡的高材生呀,到德國嫁得如意郎君,學位也輕易到了手,然後生下兒子。按說女人該有的,她劉柳一樣也不缺,為什麼二十年後,好像什麼都變了呢?真的說不出究竟是什麼地方不對勁。

這個歲數的女人該到更年期了,按說更年女人做出什麼事來都可以理直氣壯地推到荷爾蒙的頭上,可劉柳不。她不但不承認自己到了這個敏感的年齡段,反而言行舉止處處顯示出還年輕著的模樣。也許她的肌體真的還很年輕,也許她的心智根本就沒發育過,否則那些令人目瞪口呆的行為可真就無從解釋了。

聖誕前,劉柳任職的德國研究所裡要舉辦一個健身派對,要求報名參加派對的人都要當眾演示自己平時參加的健身項目,可真是個別出心裁的提議。派對開始後,只見平常不苟言笑的德國同事們一反職場常態,換上運動裝,爭先恐後展示著自己生活中的另一面,不管是輕鬆自如的翻騰跳躍還是滑稽幽默的踢球動

作，都贏得了陣陣喝彩。就連劉柳的頂頭上司莫罕德先生，也兩手各握一個大啞鈴，一氣做了近百個擴胸動作，大家的目光都被莫罕德陽剛氣勢吸引著，誰也沒注意到劉柳偷偷溜進了衛生間，等她再次出現時，所有人都驚呆了：只見這個保養不當的中國女人胸首碼滿了金光耀眼的亮片，粗壯的大腿和肌肉鬆懈的雙臂完全暴露在外，金光閃爍處，是搖搖欲墜的兩隻大梨子…同事們錯愕的表情似乎觸發了劉柳的激情，只見她突然用極其誇張的動作張牙舞爪地狂舞起來，同事們驚叫著四下逃散。

轉年，劉柳的工作合約到期後，公司沒有和她續簽。對此，莫罕德先生只是輕描淡寫地解釋：你的工作能力沒有問題，但我們這裡更需要一個有能力和大家完成團隊工作的同事。

失業後的劉柳越發不可理喻，應邀到朋友家作客時，進門就抱怨：「你不知道我有多忙，兒子的功課要輔導，馬上要參加競賽呢，明天老公有一個緊急會議，衣服我還沒準備，還有幾本要緊的書沒讀完……」朋友不安地說，那你快回去忙吧，我們反正沒什麼要緊事，改日再聚。話音未落，劉柳勃然大怒：「你不誠心請就別請！要我呢？」幾次折騰下來，再也沒人敢邀請劉柳了。不請沒關係，只要有聚會被劉柳知道，她會不請自來，進門就垮著臉說：「事先聲明，我來是來找樂的，不是看誰臉子的！」大家只好充耳不聞地躲開。遭到冷遇的劉柳不會退縮，她說不定會拽住哪個的衣襟直眉瞪眼地問道：「這件名牌上衣一看就是折價貨，你是幾折買回來的？」一會又揪住另個的胸墜不問青紅皂白就斷定：「你瞧瞧，這年頭，假石頭做的就是逼真！」一回頭，看見剛嫁給德國哥哥的小妹，又道：「新娘子也來了，

肯定是嫁給老外在家沒共同語言，來這裡找母語安慰來了！」起初，大家聽不入耳還和她吵，後來，見到她就四下逃散。漸漸地，她問話沒人回，她罵人沒人應，這時，她才真正感覺到了孤獨。

孤獨的劉柳自我感覺仍然非常好，她常自言自語地說：「沒人理我是不是？你們就是嫉妒我年輕漂亮身材好！看我兒子學習成績棒，心理不平衡！看我老公愛我寵我，你們心裡泛酸水！」劉柳就這樣自我安慰著給別人製造不快的同時，給她自己製造著快樂。

一天，劉柳接到兒子學校老師打來的電話，她問：「我兒子學習成績怎麼樣？」老師說：「很好，問題是…」劉柳打斷老師：「他學習成績好還會有什麼問題？你們德國人就會小題大做！」老師不顧她的無禮，執意把話說完：「您兒子的心理問題很嚴重，他在草坪裡逮住一隻小老鼠，用鉛筆戳瞎老鼠的眼睛，然後又扯斷老鼠的尾巴，手段極其殘忍。接到同學舉報後，少年兒童心理輔導組織已經介入調查，你們做家長的要有個思想準備，隨時接受問訊。必要時警方也會介入，因為未成年人遭受家庭虐待後常會出現這種反常舉動。」劉柳失態地大叫：「我們可是從未動過兒子一手指頭，怎麼會虐待他？」老師說：「不一定身體上的傷害才是虐待，語言上心理上情感上的傷害後果要更嚴重，具體的您還是找有關部門解釋吧。」

這時，劉柳不再強硬了，馬上撥老公的手機，卻是關機，劉柳這時才想起，老公出差到外省已經一個星期沒有音訊了。她只好打電話到老公供職的中資公司：「嗨，我是馬莊的家屬，家裡

有急事聯繫不上他，請問他什麼時候回來？怎麼才能找到他？」
對方的回答起初還是吞吞吐吐，聽了劉柳喋喋不休地述說之後，
好像下了很大決心似的，終於回答說：「馬莊一個星期前不是辭
職和來公司實習的越南妹私奔了嗎？怎麼，全公司都知道，只有
你不知？」

萬聖節的精靈

德國　黃雨欣

　　露露是一個在德國讀小學五年級的中國小姑娘，雖然德語不是她的母語，考試時經常出現德國孩子不容易犯的語法錯誤，然而，在她作文裡不經意地所流露出的東方情結卻能令老師和同學們耳目一新。

　　萬聖節後，老師在課堂上佈置一篇作文，規定的題目是：1.記一次難忘的聚會；2.記一次難忘的郊遊；要求內容充實、字數不限，一個小時之內完成。同學們或凝眉苦思或埋首書寫，唯獨露露，瞪著一雙水汪汪的黑眼睛，茫然地望著窗外紛飛的落葉出神。顯然，小姑娘此刻的心思根本不在作文上面。這幾天，她的同桌尤里安的座位一直空著，每天放學，露露都會主動把當天的習題送到尤里安的家裡，「萬聖節已經過去了，也不知道他的傷腿什麼時候才能好……」

　　「露露，不要走神，再不動筆可就沒時間了！」老師的提醒打斷了小姑娘的遐想。

　　下課鈴聲響起的時候，露露也完成了她的課堂作文，她知道，這次老師肯定不會給她好的分數，因為這篇作文和老師的命

題毫無關係，竟是什麼「萬聖節的精靈」，只見她繪聲繪色地寫道：

　　小朋友們盼望的萬聖節隨著秋天的落葉降臨了，那些平時藏在樹林、草叢中的白色精靈們提著南瓜燈蹦蹦跳跳地跑了出來，他們化作一陣微風，有時淘氣地吹落老先生的帽子，有時又去安慰老夫人的面頰。到了晚上，他們又去敲小朋友們的房門，擠眉弄眼地討要糖果吃。面對可愛的精靈們，就連最小氣的孩子也會大方地獻出最心愛的糖果，不知是誰說的，在萬聖節裡，精靈們的要求是不能拒絕的，因為這天是他們的節日啊。

　　在這個萬聖節裡，有個平時最淘氣的精靈突然生病了，眼看著同伴們嘰嘰喳喳地上路了，他只能孤單地躺在山洞裡，一想到晚上他不能跑去敲小孩子的房門了，就很難過，不是為討不到糖果吃，而是一年沒見小朋友們，也不知他們又長高了沒有。這時，採蘑菇的麥先生走進了山洞，麥先生也不知有多老了，鬍子眉毛都是白色的，在精靈們眼裡，麥先生就是一個老神仙，過去就是他經常把麥先生的帽子吹跑的，害得麥先生滿山遍野地去追。由於生病，小精靈已經沒有了幻化的能力，麥先生看到了他，憐愛地把他抱在懷裡，餵他吃了一些神奇的草藥，小精靈的病很快就好了。麥先生慈愛地說：「去找你的夥伴吧，小朋友們晚上還等著你敲門呢！」小精靈歡快地跑走了，他又可以對老先生們淘氣，又能扮鬼臉逗小朋友們開心了。

我的同桌尤里安就是我的小精靈，每年的萬聖節裡，他都裝扮成白色的精靈跑來敲我的房門，我總是為他準備很多好吃的糖果等著他的到來。第二天到學校時，他邊剝著從我那裡騙來的糖果邊衝我得意地壞笑，其實每次我都能一眼將他識破，可我一直沒有告訴他。今年的萬聖節我想尤里安肯定不會來，他踢球摔傷了腿，已經好幾天沒來上學了，可我還是為他準備了更多的糖果，因為我希望他早日康復，儘快回到我們中間來。

　　萬聖節的晚上，敲門聲照常響起來，我開門一看，只見一個白色的精靈站在門外，擠眉弄眼地向我討要糖果，精靈的腋下夾著一根拐杖……

　　第二天的德文課上，老師拿著一摞作文本走進了教室，她掃視了一眼全班同學，然後潮濕的目光在忐忑不安的露露臉上定住，緩緩地說：「同學們，這次的作文大家完成得很好，可是有一篇優秀的文章卻沒有得到分數，我不給她分數的原因並不是因為她沒有按我的要求去寫，而是我覺得，分數只能衡量文字水準，卻無法衡量孩子純淨善良的心靈，這次作文，全班得到高分數的同學有很多，可得到鮮花的卻只有一個，那就是露露。」說著，老師從外衣胸前拿出一枝用透明紙仔細包裹著的玫瑰，鄭重地交給露露，接著說：「所以，我給這篇作文的評語是：bravo！（多好啊！德語帶有歡呼的感情色彩）」

比

德國　黃雨欣

　　曉玉從小就是個要強的女孩兒，凡事都要和別人一爭高下。菁菁和曉玉從幼稚園一直到大學都是最要好的朋友。和曉玉咄咄逼人鋒芒畢露的個性正相反，菁菁雖然平時看上去很安靜沉穩，但無論相貌和功課卻都不在曉玉之下，也正是這個原因，曉玉在心裡一直都把菁菁當作最強勁的競爭對手，菁菁有的東西曉玉一定也要有。

　　小學升中學時，菁菁以優異的成績考上了市重點中學，曉玉也不甘示弱，以同樣優異的成績考上了另一所重點中學。雖然不在一個學校，但每次見面，兩人都會互相交流學習心得。假如菁菁作文得了大獎，用不了多久，曉玉就會捧回一個數學競賽的獎盃，而且會在第一時間讓菁菁知道。反正，在這場看不見的爭戰中，曉玉總會想方設法蓋過菁菁的風頭。

　　大學畢業後，各方面都出類拔萃的曉玉通過嚴格的應聘，終於在一家大公司找到了一份收入豐厚的工作，正當她志得意滿的時候，聞聽菁菁竟然已經辦好了到德國名牌大學留學的手續，近日即將啟程。曉玉毫不猶豫地辭掉了這份來之不易的工作，也馬

不停蹄地準備赴德國留學的必備材料，心想，她菁菁能做到的，我曉玉怎能甘於人後？

半年後，曉玉如願以償地到了德國，並申請了和菁菁就讀的同一所大學。在菁菁高興地為曉玉準備的接風派對上，曉玉發現，菁菁來德國後認識的男朋友劉君是那樣英俊瀟灑又多才多藝，更重要的是，劉君還是個事業有成的實力派。整個派對期間，曉玉都魂不守舍的，一雙媚眼直勾勾地射向那個吸引她的男人，似乎全然忘了他現在是好友菁菁的白馬王子。

不久，曉玉找到菁菁攤牌了，坦承她已經無可救藥地愛上了劉君，而且相信劉君也愛她，因為他們之間能發生的都發生了。菁菁傷心之下離開了這個城市，轉到了另一所學校。

後來，曉玉聽說菁菁嫁給了比她年長很多歲的德國導師，並生有一子，只可惜聰明好學的菁菁婚後卻未能繼續求學深造，而是當上了專職家庭主婦。而曉玉則在菁菁走後，如願以償地和劉君結成連理，並在能幹的丈夫關懷支持下，勤學幾載，終於拿下了博士的頭銜。要知道，這在中國留學生尤其是女留學生中實在是鳳毛麟角呀。此時的曉玉可謂是春風得意馬蹄疾，偶爾想起從小到大和菁菁的競爭，嘴角不免略過一絲淺笑，因為事實證明，事業愛情雙豐收的她才是最好的。以菁菁目前相夫教子的平庸，似乎早就失去了和曉玉競爭的實力。

然而，一件事卻徹底改變了曉玉的心態。

那是不久前的一次例行體檢上，醫生竟然在曉玉的體內查出了不明腫塊，需要入院進行徹底檢查。這個消息對自己身體一向自信的曉玉來說，簡直是晴天霹靂。在住院隨時和那些冰冷的醫

療器械打交道的日子裡，曉玉終於明白了，一個人不管多要強也是強不過命運的，就像《聖經》所言：就算你贏得了全世界，到頭來卻賠上了自己，又有什麼意義！曉玉發誓，如果老天讓她痊癒，今後的日子裡，她要做個順其自然隨遇而安的人，每天坦坦然然地面對生活，不圖大富大貴，只求無愧於心。

情惑

德國 黃雨欣

　　前幾日見到離婚兩年的虹，關切地問她近來感情上可有所屬？她說，目前有兩個男人對她緊追不捨，她自己也無所適從。

　　阿龍是與她交往一年多的男友，兩人可謂情投意合，阿龍曾多次向她求婚，雖然他們一直同居，可至今衣食住行等諸樣開銷還「AA制」，因虹身邊拖著個五歲的女兒，所以實際上她是負擔日常開銷的三分之二，虹因此懷疑阿龍對她愛的深度。

　　阿明是虹的前夫，雖早已離異可癡心不改，由於女兒的緣故，他們見面的機會很多。阿明對虹一再表示，只要虹一天不再嫁，他就等虹一天，直到虹和女兒回到他身邊。當年虹提出離婚時，阿明黯然淨身出戶，將兩人在德國共建的一切均留給了虹，還主動提出今後每月將收入的一半匯到虹的帳戶上，可阿明自己的處境並不妙，時時被失業的威脅困擾著。虹結識阿龍後，不願在經濟上過多牽扯阿明，曾婉言謝絕過他的資助，可阿明卻說：「這錢就算是父親對女兒的一點心意，只要我女兒能生活得舒心一些，我自己苦點不算什麼，而你是我女兒的母親和監護人，只有讓你的日子好過些，我女兒才會更好。」我聽了深受感動，力

勸虹回到前夫身邊，有道是「一夜夫妻百日恩」，更何況還有一個乖乖女同時牽著兩個人的心，可虹只是笑笑，不置可否。

　　一個月後，忽然傳來虹再婚的消息，新郎是虹前幾個星期才結識的托馬斯，比虹年長二十多歲的德國人，求婚時，他給虹一張燙印著虹的大名的Ｅ－Ｃ（歐洲聯用）信用卡，據說裡面至少有五位數……

合歡

德國　穆紫荊

　　蘭欣的院子裡有一棵芙蓉。樹開花的時候，她的丈夫卻被調到別的城市去上班。他們從此只能週末見面，第一個週末丈夫回家，蘭欣撲上去想說的第一句話就是快帶我出去吃頓飯吧！可是丈夫下班後一路拼殺地開了三百多公里的高速公路，他輕輕地拍拍她就累攤在沙發上。蘭欣看他疲憊地拿著遙控器一個接一個地換著電視頻道，便只好走到樹旁去摘那些開敗了的花朵。

　　兩天的週末轉眼就完。蘭欣和丈夫，白天帶了孩子找地方出去遊玩，晚上欲罷不甘地盡情纏綿。他們把一個禮拜的日子，濃縮到兩天兩夜來過。這樣，接下去的五天，對蘭欣來說就顯得更加的空蕩。她看那芙蓉花朵朵相對，看那蜜蜂在花心間飛來舞去，她想這房子應該早早的賣掉，以便讓她和丈夫可以團聚。

　　然而房子買進容易賣出難。開始的時候，仲介打了包票說，耶誕節前一定賣出！於是蘭欣高興地把一些不用的東西收拾起來裝箱。每到有人來看房子的時候，她更是興高采烈地提前打掃衛生，把房間弄得鮮亮。並且還跟著仲介跑上跑下，唯恐遺漏了哪些該大大鼓吹的地方。可是，冬去春來，房子並沒有賣出。蘭欣

不得不掃興地把過復活節的東西又一件一件的從箱子裡面往外拿。連來回跑的丈夫也顯得越來越疲憊，出去變成了不得不出去，纏綿也變成了不得不纏綿。當一個禮拜的日子，不得不濃縮到兩天兩夜裡來過的時候，快樂也會變成了痛苦。再有人來看房子的時候，蘭欣既不打掃也不陪伴，她不再相信那些邊看邊點頭的傢伙，她知道那仲介所帶來的，無非都是些七看八看的人。真正想買並且能夠買的人是如鳳毛麟角般地難遇。多少次她站在樹下，撫摸著芙蓉樹那鐮刀狀的葉子，猶如撫摸著自己那被分居割得生痛的心。

就在蘭欣心灰意懶到極點的時候，房子賣掉了。全家在新城市的新房子裡團聚。第一個禮拜蘭欣早晨看丈夫出去，想到傍晚他便就又會回來，心裡竟生出莫大的感動。分居的苦所帶來的是合居的甜。為此她要丈夫又去買棵芙蓉來種。芙蓉學名合歡，蘭欣喜歡它，是因為喜歡和丈夫在一起的日子。

滿月

德國 穆紫荊

　　梧南離開上海的時候，正好中秋。圓圓的月亮照著搖搖晃晃的旅程，梧南怕看那月。

　　當年黃浦江畔的燈光，只是星星點點的昏黃。梧南同男友從外灘走，走，走，一直走到靜安寺。他們沒有結婚成家的指望，他們只能這樣永遠的走下去。走到梧南出國。

　　出國以後音訊自然了斷。然而斷不了的卻是星星點點的記憶。多少年以後，結束了忙碌的一天，梧南開車行進在高速公路，看兩邊黑漆漆的樹枝閃過，看前面紅色的尾燈成串，她慶幸自己有家可歸，慶幸自己的車子有方向可去，然而，她也會想起遙遠的城市和那城市中還在辛苦的人兒。開會的時候老闆說總部有到上海金山開廠的計畫需要在本地物色可靠的人手，梧南明明知道牛頭不對馬嘴，卻也會掠過一絲幻想或許這是一個能夠改變他境遇的機會？

　　海外的生活外鬆內緊。看似閑庭信步按部就班的早出晚歸，然而從睜眼到閉眼，一直是在跟著鐘點跑。就這樣跑，跑，跑，梧南從二十跑到三十，從三十跑到四十，直到那次回國，昔日的

男友對梧南的閨房密友說，人都過了五十了，讓我們再見一面吧。梧南聽了一楞。

梧南在孩子晚飯後睡覺前的空隙裡，抽出一小時見面的時間。當時他正在燒飯。梧南發現他的牙齒疏落了，他則看著梧南說，你的頭髮變少了。他們常常自覺地停下已經說出了一半的話頭，因為他們發現對方也正好在那時開始說話。能夠記得的是他說你在外面吃了很多苦。梧南則感嘆他在國內過得也不輕鬆。梧南說我很對不起你。他說你肯見面，我非常非常的高興。原本預留了一小時的時間，最後只用了三十分鐘。因為他說走吧你的孩子要睡覺。梧南也說走吧你的肚子要吃飯。

他們就這樣分手。梧南坐車，他騎車。每次紅燈，梧南的車停下，都看見他追到車邊揮手。畢竟是年過五十的人，梧南心痛不忍，叫司機拐彎把他甩了。司機沒有準備，慌張的問去哪裡？梧南無法回答，告別過去，上海對她來說就如陌生的空城。

那天晚上，梧南又看天上的月亮，雖然不是中秋，卻也是一個圓的滿月，只是那圓很小，掛在天邊，極其遙遠。

根

德國　穆紫荊

　　奧爾加是秀藍的鄰居，秀藍認識她的時候，她卻已經搬出了那裡。冬天的雪地白絨絨一片，秀藍看見一個男人懷裡擁著一個女孩，默默地坐在雪橇上。滑下去的時候女孩沒有高聲的尖叫，也沒有誇張地翹起她的雙腿，她只是靜靜地乖乖地享受著一個冷清的下午。那就是奧爾加的男人，那就是那男人和奧爾加的女兒。

　　奧爾加來自俄國。嫁到德國以後，和丈夫生了個女兒。可是當女兒五歲的時候，她卻決定搬出那宮殿式的房子。她說在這裡沒有來自家鄉的朋友，也沒有可以理解她的鄰居。秀藍說，現在我來啦，妳還是搬回來吧。秀藍的女兒和奧爾加的女兒不僅同歲，並且連名字也是一樣。每隔兩周奧爾加送女兒來和其父親團聚，那女兒必定會來敲秀藍家的門，找秀藍的女兒玩。可是奧爾加不肯。她搬出鄉間來到城市，為的就是那裡有其他同樣來自俄國的人可以接觸。

　　秀藍默然。來自上海的她，又哪裡不能理解奧爾加對鄉間的感受呢。她家的門口層有無軌的電車來來往往，自行車的鈴聲叮

叮噹噹，百樂門的電影廣告，老大房的南北炒貨，街頭拐角的茶葉蛋豆腐乾，剛出鍋的鮮肉月餅大麻球，這一切，只要秀藍閉上眼睛就會不請自來。可是秀藍有孩子有家。在秀藍的概念裡面，孩子不能看不見父親，秀藍不能看不見孩子，所以丈夫走到哪裡，秀藍和孩子就跟到哪裡。一個小小的家，像一列不能脫勾的火車，即便是開得搖搖晃晃，踉踉蹌蹌，那也還是在繼續開著。

可是奧爾加卻不是，她把火車拆得七零八落。過生日的時候，她請來所有她認識的俄羅斯朋友，開真正俄羅斯派對。她不在乎家，卻在乎她自己的根。最後的奇跡是，兩年以後，那個德國男人忍痛賤賣了宮殿式的房子，搬進奧爾加所住的地方。全家從此便又團圓。

孤獨莫解的鄉愁，母語文化的荒涼每日都在秀藍的骨髓裡流蕩，可是她的選擇卻仍是原地不動。她自己是棵嫁接的樹，遠離了根，然而，她的樹幹上還開著兩朵花呢。她要等那花兒結果。因為那裡面有她心裡的根。

快樂的酒鬼

德國 穆紫荊

剛剛認識艾爾柯的時候，只覺得她猶如一個獵人。身穿豹子點的背心和襯衣。腳蹬半統靴。她到村裡的小店買東西，永遠只買三樣。那三樣是燒酒，蠟燭，糖。如果你恰巧站在她身邊，你會聞到濃濃的酒味。艾爾柯是個女酒鬼。那是大家都共認的事實。女酒鬼按理說通常都令人討厭，可是艾爾柯卻不是。

她走起路來，永遠是充滿了信心，好像要上臺領獎。她付錢的時候，永遠是笑瞇瞇的。像中了樂透。拿出的錢包大得像餐館收錢的老闆娘。她雖然是個酒鬼，但是她卻不因酒枉費了工作而缺錢。

有一天，艾爾柯告訴我說，她要去參加城裡面舉辦的跳蚤市場。凌晨四點她就起床，裝了一車的破爛，拿到跳蚤市場去賣。一直在那裡呆到下午四點。第二天，捧了一包零錢到店裡去換。她換錢從來不去銀行，而是到店，是因為換好以後，照列是買三樣東西：燒酒、蠟燭、糖。

艾爾柯的酒量很大，大到每天都要喝一瓶燒酒。所以我們會常常在店裡碰面。她走向燒酒的步伐是輕飄飄的，把燒酒放到流

水線上的時候，還得意地把手中的口袋倒提了揚起，表示裡面沒有任何藏匿。我看她買這三樣，總要想，她在燭光當中喝一口燒酒，吃一粒糖，會是如何的快活如神仙。燒酒一般是用來澆愁的，可是她卻偏偏要把這愁和著燭光來吞嚥。吞嚥以後的回味是辛辣的，而她還要用糖把這辛辣來掩蓋。

　　所以她出來的時候，永遠是信心滿滿，快快樂樂的樣子。這也許是她不討人厭的原因吧。直到有一天，貨架上的燒酒不再有流動的跡象，我們才得知艾爾柯進醫院了。正盼望著她會早日出院，卻聽到村裏的喪鐘叮叮的敲響。隔天，報紙上便登了艾爾柯葬禮的告示。

　　很多人都說，艾爾柯是喝酒喝死的。她的肝，最終被酒精破壞。然而，那天去參加葬禮的人卻多得不可想像。一個酒鬼，生前會有這麼多的朋友，真是令人難以置信。大家在一起緬懷艾爾柯短暫的一生，說從此這世界上就少了一個快樂的人兒。

　　艾爾柯是個女酒鬼，可是人們不說這世界上少了一個酒鬼，而說少了一個快樂的人兒。這就是艾爾柯所留給我們的魅力。

無聲的日子

德國　穆紫荊

　　銀斐告別家人到醫院去做甲狀腺手術。術後她的聲音沒了。耳鼻喉專家告訴她，聲帶有一邊是不能動了。好像傷到了神經。醫院介紹她去接受語音治療。並且向她保證，這個治療會對她有幫助的。然而治療師卻說並沒有十分的把握。

　　可以說話的人，是無法體會不能說話的苦境的。銀斐的先生到處向人展示著他的幽默，比如我終於可以得享寧靜。再不用聽老婆的嘮叨了。連孩子們也覺得比平時自由了許多，他們盡情的在外面玩耍，不必擔心掃興的呼喚會突然從天而降。銀斐默默地操持著家務。先生離家，她想說路上小心，可是沒有聲音，她只能用手為他在已經非常平整的西裝上再平整一次。先生叫好啦好啦我要走啦。她目送他到車棚，看車子轟的一聲開走。孩子也要出去，她想說今天有雨，應該換一雙比較防水的鞋子，可是沒有聲音。她只能跪下身把那雙防水的鞋子放在孩子的腳前，拍拍孩子的腳，又拍拍那雙鞋，孩子不肯換。銀斐只能又站起，打開大門，把那陰沉沉的天指給孩子看。

有一次兩個孩子在前面邊玩邊跑，銀斐在後面慢慢的邊走邊看，突然發現遠處過來一隊自行車，刷刷地從一棵棵樹邊飛過，銀斐顧慮前面玩耍的孩子，本能地要高聲大叫孩子們快靠邊。可是沒有聲音，她只能向前速奔，去追孩子。車隊刷刷地過來又繼續過去，孩子們驚魂未定地被銀斐抓在手裡，靠在路邊。夜深人靜的時候，她暗自飲泣，不知這樣的日子是否還會被改變。然而未待天亮她便收藏起淚水，因為她還是希望這樣的日子有朝一日會被改變。

　　經過三個月的治療訓練，銀斐的聲音又回來了。雖然那斷了神經的一邊仍然不動，然而另一邊卻被銀斐練習得可以更大幅度的震動出聲。三個月的沉默，銀斐的心裡積累了很多要說出來的話，然而她最終把這些話又全部埋入了心裡。她只是輕輕的對家人說：我愛你們。我很愛你們。因為她知道，在無聲的日子裡，她每天都在努力的，就是讓他們能看懂這幾個字而已。

葬禮上的天使

德國　穆紫荊

　　人生裡最傷情的赴約在燕卿看來就是葬禮。對身在海外的人來說，是一怕半夜電話鈴響，二怕開信箱掉出一封鑲黑邊的訃告。半夜鈴響所報的多半是牽動心肺的親人凶信，而在信箱裡靜靜等待的則多是來自勾起情懷的朋友噩耗。

　　燕卿要去赴一個最後的約會。這一天從穿黑色的內衣開始，到黑色的套裝，黑色的鞋襪，每穿一樣，心情便加一層沉重和黑暗。從此便又失去了一位自始至終的好友。從此便又增添了一份有始無終的懷念。人生的無奈很多，但是最無奈不過的是一個生命的停止。一個你所喜歡的朋友，一個讓你見到便感覺歡愉的人，停止在生活軌跡的某個點上。不是他或她不願意，而是他或她不能夠。這樣的無奈每每令赴約的她心碎。

　　靜靜的與世隔絕的墓園裡，聚集了一片前來和死者赴約的黑衣人。彼此之間雖然都默默無語，然而有一種默契卻讓大家都心照不宣，即彼此都是死者生前所愛的親人和朋友。雖然在死者的生前大家並不都一一認識，然而，在這死者所召喚的最後一次約

會上，大家突然便都成了在肚裡有話可談，在心裡有情可歡的熟人。黑衣人對黑衣人，是不用說話，就能瞭解彼此內在感受的。每個人的心裡都揣了和死者相識相交的往事，每個人的臉上都寫了對死者相憐相惜的不捨，獨獨不見的就是那約會的主角——死者的身影和笑容。沉默，像鉛塊一樣在約會的上空堆積，壓得人眼睛發澀心發酸。

然而，意想不到的是，此時突然來了一位天使。一個帶眼鏡穿了普通格子襯衫，把頭髮弄成小刺蝟的男孩快樂地跑進黑衣群。只見他跑到燕卿身邊，伸開雙臂抱住她的女兒就說：「凱蒂！你來了！太好了！」原來是死者的小兒子。他的臉和死者如同一個模子裡面刻出來的，連說話的語氣和聲調也和其死去的父親一模一樣。讓燕卿彷彿重又感受到往日死者的擁抱以及對她說：「燕卿，你來了！太好了！」如此突如其來的感受令燕卿的眼淚在剎那間噴湧而出，不得不急轉身到邊上去擦淚。身後卻依稀傳來那孩子對另一個人說：「噢，可憐的麥克！」麥克因為腿部肌肉撕裂那天不得不撐了拐杖赴約。聽那男孩的語氣裡面帶了些許的揶揄，猶如他一夜之間長大成父親一樣，那成人般的語氣讓人不得不露出笑容。繼而又聽見那個男孩對另一位女士說：「我認識你，你家裡有一隻兔子！」那女士高興地說：「是的，是有個叫蘿蔔頭的兔子！可惜牠已經死了。」女士的聲調低下去，男孩卻安慰說：「這就是生活。蘿蔔頭像我的父親，有的會生病也有的會死。」那女士充滿了感動地說：「哦，這可不能比。」在場的人都看著這男孩微笑並悄悄別轉頭擦著那發紅發潮的眼。

這個男孩是此時此刻人群中最不幸最可憐的孩子。然而他卻像以往父親招呼客人一樣招呼著每一個前來赴約的人。父親的最後一次約會，父親所不能說的，都由他來說了。

男孩十一歲。男孩死去的父親四十四歲。父親去了天堂，男孩便成了其父親給大家派來的天使。葬禮是人生的悲哀，然而在悲哀中也還應有天使的陪伴。成人所不能夠懂得並做到的，由一個孩子懂得並做到了。一個天使，一個葬禮上的天使，是活者和死者所能夠得到的最好的禮物。

一汪苦水

德國　高蓓明

　　瑪拉（MARA）是一個美麗的混血少女，在德國出生長大。她的爸爸是德國人，媽媽是東南亞女子。瑪拉的父母沒有結婚，只有短暫的同居史，她的父親不喜歡她的媽媽，因為兩人一直吵架，在她媽媽懷孕的時候，他的爸爸很憂愁，他不想要這個孩子。

　　那些日子，他爸爸天天作惡夢，夢見一個小嬰兒被砍頭。瑪拉的爸爸是個虔誠的基督徒，他覺得上帝反對他的想法，所以最後瑪拉還是生下來了。瑪拉的媽媽不要孩子單要錢，所以瑪拉的爸爸付了一大筆錢把瑪拉買下來了，交給奶奶撫養。

　　奶奶很高興，她得到了唯一的孫女，對她寵愛有加。瑪拉的父親對她也很好，每天下班後陪她玩，帶她出去散步。只是她爸爸不明白，為什麼瑪拉的媽媽給她起這個名字？這不是個典型的德國女孩名字。有一天他讀聖經，找到兩處提到「瑪拉」的地方（德1：20，出15：23），原來瑪拉的意思就是一汪苦水。苦瑪拉在三歲的時候就會躲在桌子底下說：我沒有媽媽，我沒有媽媽。瑪拉物質上不苦，精神上苦。

瑪拉兩歲時他爸爸結婚了，後媽是個中國女子。瑪拉嫉妒後媽，打她耳光，扯她頭髮，用腳踢她。從此後媽看到她就躲。瑪拉在奶奶的庇護下慢慢地長大，奶奶越來越老，瑪拉越來越反叛，對學習不感興趣，留級，逃學，抽煙，上酒吧，偷東西，同壞孩子在一起，在家常常跟奶奶吵，瑪拉心裡苦，就用這樣的方式發洩，終於奶奶吃不消了，一天晚上倒下後再也沒有起來。瑪拉覺得很高興，她以為管束她的人沒了，翻身的日子到了。不料，從此再沒人給她做可口的飯菜，為她整理房間，給她很多零用錢，為她付騎馬費、補習費，漸漸地，她明白了世事的滄涼。但她還有個好爸爸，她可以抓住他，她看準了這一點。

　　瑪拉的爸爸是個部門管理，手下有五十多個人，工作壓力很大。但他憐憫他的女兒，能夠縱容她的地方儘量縱容她，給她買高級服裝，帶她看電影，八小時下班後，還當她的義務駕駛員，開車帶她到東到西。瑪拉把她爸爸的憐憫當成驕橫的資本，越來越猖狂，有時會讓她爸爸在二到三個小時內開五、六個來回，晚上一二點才回家，讓她父親在家焦慮，不能入睡，只要他父親不喜歡的事，她就拼命地做。她覺得，她的不幸是她父親不同她媽媽結婚造成的。最後她的爸爸在一個晚上心力交瘁，沒有了氣，被搶救回來後成了個廢人。瑪拉在一年之內等於失去了倆個至愛的親人。

　　瑪拉接著把目標轉向了後媽，要求她為自己做這做那，可這次她的指揮棒不靈了。

　　奶奶愛她，爸爸可憐她，得到怎樣的後果，後媽都看在眼裡，她才不要成為瑪拉的犧牲品。在經過幾次激烈地爭吵後，瑪

拉只好縮起脖子熬日子。在那段苦熬的日子裡，上帝憐憫她，沒有讓她生過大病，在憂鬱的困境中爬出來，她自己整理房間，採購，做飯，上學，做作業，去馬廄打掃，以換取免費騎馬的資格，儘管做得都勉強及格，但她搖搖擺擺地走過來了。

　　一日，瑪拉整理好自己的東西，離開了這個她生活了十八個年頭的老屋。離開之前，她同後媽好好地談了一次話，她請後媽原諒她以前的大吵大鬧，請她照顧好她的爸爸，她還答應會經常回來看望他們；後媽祝福她順利地拿到ABI（高中文憑），找到理想的工作和好男人，組織起自己的小家庭，過上幸福的生活。瑪拉說，我會的。瑪拉走了，她的身後沒有奶奶和爸爸的目光，只有後媽的一雙期待的眼睛。在後媽與瑪拉爭吵的那些日子裡，絕望之中後媽請人代禱，得到的回應是：瑪拉變以琳，即苦水變甜水。這也是聖經中的一段話：

　　摩西呼求耶和華，耶和華指示他一顆樹，他把樹丟在水裡，水就變甜了。(出15：25)

　　後媽在這句話的下面寫道：上帝啊，請你也給我這棵樹。也許她已得到了。

異國伴侶

德國 高蓓明

從前有一對中年男女，住在德國某地的一個小鎮上，男的是當地人，女的是德籍華人。男的上班，女的料理家務，他們安安靜靜地在小鎮上過了半輩子。女的對丈夫百般地依順，丈夫要看什麼電影，她會陪著；丈夫要去哪裡，她不吭聲，默默地跟著他走。鄰居們很少聽到他們有齟齬的時候。

某年某天的一個時刻，生活對這對夫婦突然露出了猙獰的臉。在這塊平靜的表層上，它抽出一把利劍狠狠地斬了下去，劍痕的左邊就如從前的日子光滑白淨，劍痕的右邊卻凹凸黝黑。從這天起，原先聰明能幹的丈夫，變得毫無能力，事無鉅細都要太太打理：去醫生那裡，不敢走在前面，要太太引路；陌生人面前不會講話，要太太代為回答。太太問他：「今天你願意幹啥？」他答：「由你作主」。太太又問：「你想吃什麼？」他答：「你吃什麼，我也吃什麼。」

有一天，看病的時間到了，天突然下起了大雨，雷聲陣陣，丈夫怕雷不肯去診所。

太太說，晚一點去沒關係。丈夫說，要麼不去，要去就得準時去。這是德國人的脾氣，頂真。不去可不行，太太只好叫計程車，這段路平時走只要五分鐘。到了診所等了約十五分鐘，才輪到他們看病，雷已經停了。

　　又有一天，這對善男信女要去教堂作禮拜，天下起了大雨，雷聲陣陣，太太說，今天不去教堂了，電視裡也有禮拜，我們看電視就可以了。丈夫說，不行，做禮拜就得在教堂。於是兩人各自打了一把傘出門，教堂在診所的對面，這次太太沒叫計程車。

嫁人

德國　高蓓明

　　嗚嗚二十六歲時從大陸孤身一人來到德國，一轉眼已有二三年了，因為整日價在中國人的圈子裡混，德語說得爛破爛破。一日嗚嗚思忖到，自己的年歲已不小了，應該要把自己嫁出去了。看看德國，嗚嗚想在這裡留下來。這兒的體系讓人覺得安全有保障，一個人不管其狀況差到何種程度，飯總有得吃，房有得住，生病有醫生可看。嗚嗚是有一次機會在這裡成為中國飯店老闆娘的，可是嗚嗚心裡不甘。說是老闆娘，名稱好聽，實則是一個不拿錢的跑堂，苦日子沒有盡頭，整年泡在餐館裡撈不到休息的日子。若是過幾年自己成了黃臉婆了，新來的女跑堂或是年輕的女留學生又會成為威脅。不行，這不是一條出路。既在德國，還是找個德國人最為妥當。

　　嗚嗚要實施自己的計畫有點難度，她在這裡認識的人不多，靠熟人介紹沒門，也不好意思拿著個大喇叭去宣傳，那時網路那玩藝兒還不流行，但有婚介所，不過要筆費用，嗚嗚不想那樣做。她想到在每週的免費報紙上有一個欄目，叫做「他找她」和「她找他」。嗚嗚想，我先來試一試「他找她」。嗚嗚用她

彆腳的德語給幾個「他」發了信。鳴鳴的算盤是，我找二十個「他」，其中有十八個不好不壞的「他」，有一個壞的「他」，還有一個好的「他」，只要我把這二十個都試遍了，必能找到我要的那個。這是一種理論，鳴鳴過去在學校學過，叫做某分佈定理，即每一類事務的分佈都有一種規律，好比說，一個班上總有一二個優秀生和差生，其他的都處於中間狀態。理論歸理論，實踐起來並不容易，鳴鳴試了三個就吃不消了。第一個不巧是個土耳其人，一見面就喋喋不休地講，中餐館太多了，他也不想想，土耳其人的Dönner店開得有多少？第二個看鳴鳴時就像工程師檢測儀器似的，上上下下地不停打量，又細細地問了鳴鳴的一切，然後對她說，我不合適你，我可以把你介紹給我的朋友，鳴鳴想，我是什麼，可以轉來轉去的。第三個在電話裡油嘴滑舌的，約好了時間和地點，卻不出現。

於是，鳴鳴對自己說，我再來試試「她找他」，她在報上登了一條二行字的信息，一周後有個大信封到達她的手中，拆開來一看，五花八門，共有二十來封的信，也有附照片的，是個光頭青年，還有一個老態龍鍾的，驕傲地站在自家小洋樓前，有的字寫得不太好，卻貼上很多的花花草草，儘管不知對方是怎樣的一個人，卻深表愛意。這麼多的信，何從下手？鳴鳴想起了先前所遭遇的不愉快，就對自己說，算了，不找了。

一日，鳴鳴在公用廚房做飯，一張舊報紙攤在爐灶旁，鳴鳴炒菜的時候，報紙上的一條資訊硬生生地擠入鳴鳴的眼瞼：一個熱愛中國文化的德國人，一米八八，三十二歲，願意和你交朋友。鳴鳴想，這個人寫得好，只提文化，不提其他。於是，在

一九八八年聖誕前夕的一個傍晚，鳴鳴走向了屋外街道旁的一個電話亭，她撥了那個號碼，用她的結結巴巴的德語，說了聲：「喂，你好！」

＊　　　　＊　　　　＊

半年之後，鳴鳴把自己給嫁掉了。

老何的信仰

德國 高蓓明

　　老何的老婆在一天打工回來後，腦溢血，成了殘廢，老何從此挑起了照顧他老婆的重擔，這就是他在國外的命。

　　年輕時老何長得一表人才，他喜歡拉胡琴唱吳曲，在部隊當過文藝兵。離開部隊後，老何組織起戲班子在江南鄉鎮巡迴演出。那時的老何還是小何，把老婆扔在家裡，不聞不管。戲班子裡有的是年輕女孩，拈花惹草的事大約也有過一點。

　　後來夫婦兩人來到國外，報了難民，說是在國內受到政治迫害，被批准留下來，轉戰在各地的中餐館裡打工營生。

　　何太太得病以後，在一家康復院裡治療，夫婦倆吃住全部免費，還有救濟款可拿。在那裡，老何認識了一個同鄉女基督徒，她是陪她的德國丈夫來治病的。那女基督徒三天兩頭往老何那裡跑，要叫他信上帝，還跪在他太太的床前禱告。何太太雖然不會說話，手腳麻木，但腦子還是清楚的，有一次竟滴下了眼淚。醫院裡的水果是免費供應的，老何拿了放在房間內，吃不了，但紅紅綠綠的放了一桌很好看。女基督徒想，護士每天都要來護理幾回，人家看了會對老何怎麼想？

老何對女基督徒講，從前她太太防著他，把打工的錢都往家裡寄。現在要花錢了，只能用老何的積蓄。她太太在德國護理院裡吃不慣，話聽不懂，看到德國人又害怕，人一天天地瘦下去，老何就將太太接到家裡，自己燒中餐給她吃。因為老何不用國家給的家庭護工，就得到一份獎勵的錢，所以老何每天還要給他太太洗身，弄屎弄尿，出門時要把她太太抱上抱下，這樣老何得了腰痛病，人很疲勞，也明顯地消瘦了。女基督徒很好奇，像老何這樣的男人怎肯做這些？更叫人驚奇的事，老何還肯花二十五歐元一次的針灸錢，請人給她太太紮針，還買了踩步器給她太太鍛鍊，還托人從國內寄名貴的中藥來給他太太服用，還給她買坐輪椅車專用的風雪衣，這些錢老何都捨得。

女基督徒對老何講，她自己沒有被丈夫的病壓垮，是因為她的信仰支撐了她。老何講，我也有信仰，並且我有過兩種信仰。從前，在部隊時，老何天天早上起床後的第一件事，就是站到毛主席像前，念「下定決心，不怕犧牲。」如果那時連長對老何說：「敵人就在前方，你給我衝上去！老何是絕不會害怕的，命都可捨。」現在老何老了，他想的是另一回事，叫做做人。老何認為，做人上要對得起天，天就是老天爺；下要對得起地，地就是地底下躺著的祖宗八代；中間要對得起人，對別人要多幫助，多做好事；對自己，就是抽煙，喝酒，吃得好一點，拉拉琴，唱唱戲，活上一天，就醉生夢死一天。老何說，幸虧我有這個信仰，我還能活下去，不然的話，我早就瘋了或是自殺了。老何就這樣天天活在他的煙酒和福音之中，苦中尋樂。

一個「自私」的女人

德國　高蓓明

　　明好不容易地來到了歐洲，看著滿大街的白種男人，個個威猛高大，明也很想要一個。上帝滿足了她的要求，從此明有了個德國丈夫。

　　明的丈夫在當時明的眼中是灰色的，他穿的是灰色的衣服，開著的是灰色的汽車，臉上是鬍子拉渣，住的是祖傳老屋，老宅內少有光線，陰暗的空間中，到處掛著黑白照片，氣氛沉鬱。明注意到，其中一張照片的內容是批判兩年前發生的「天安門事件」。其實這個男人條件並不差，德國人就是這樣，外表不事張揚。這男人繼承了父母的兩套房子，一片花園，還有一份很好的職業。不過明當時並不知情，丈夫沒有告訴她，明也對這些不感興趣，她只想在德國留下來，然後去奮鬥。

　　明的丈夫在德國女人眼中是不受青睞的那種，他害羞，為人忠厚，高大卻不結實，但在亞洲女人中卻是受歡迎的類型，因他說話誠懇，注意傾聽，還有一付淳厚好聽的男中音。在明的調教下，她的丈夫的穿著開始摩登鮮豔起來。慢慢地，明的一些女友

都以不同的方式表達了對明的男人的愛慕，這時明開始警惕起來，對那些女人有了戒備之心。

　　明剛出國時，還守著國內的傳統，將打工掙來的錢分出一小部份寄給母親。隨著西風的浸淫，明注意到，國外的孩子從來只想到自己，根本不會去孝敬父母，明想想自己也太傻了，慢慢地也不再寄錢回家了。明不算太笨，也很努力，學語言，讀專業，可就是無法找到一份理想的職業。在明混到了四十五歲生日的那天，她終於明白了一個道理：人是鬥不過命的，這一生的結局已經定了。以後明將興趣轉移到了宗教之中，在慢慢地解讀中，有一天上帝開啟了她，原來：一個醜惡的靈魂，一件陰謀的事件，上帝是不會成全的。原來明的心頭一直藏著一個秘密：她要走自己的路，開創自己的事業。同這個男人結婚，只是通向她的這一理想的一塊踏腳板。這個男人什麼都好，就是有一個年幼的女兒，這如同一根刺梗在明的喉頭，恨不得立刻拔掉，拔不掉，明就想一走了之。

　　可是隨著同這個男人的日子越過越長，明體驗到了這個男人的好處。從前的明沒有得到過什麼愛，也不知道什麼叫愛，這個男人卻教會了她。他帶她到世界各地走走看看；也帶她到各樣的館子品嘗風味；結婚日和生日會獻給她一大束鮮花；在床上領她享受雲雨之歡；得到大筆進賬時，會分一半送給明。明想，我憑什麼得到這一切？我沒做什麼事，世上的女人多的是，為何我就能得到這一切呢？很簡單，這男人是將明當作自己的老婆來對待，愛不需要任何理由。「對一個醜惡的靈魂，對一件陰謀的事件，上帝是不會成就的」。多年之後，明番然省悟，自己不能成

功的原因即在這裡。上帝要成就他自己的計畫，他知道這個男人將來會發生什麼事情，這個男人需要怎樣的一個女子去照顧他。

　　在明受洗之後的第三年，兩人享受了恩愛生活十四年之後的某一天，明的丈夫倒下了，他病得不輕，留有嚴重的後遺症。這時的明，心中的愛像沉寂多年的火山噴湧而出。她過去對父母沒有愛；對兄姐沒有愛；對前夫沒有愛；對自己的孩子沒有愛；現在她把這些失落的愛統統地拾回來，裝滿一籮筐，完完全全地獻給了她的丈夫。一日晚上，明做了個夢：昔日英俊瀟灑的丈夫又回到了她的身邊，溫柔地坐在她的床頭，穿著一件粉紅的夾克和一條米黃色卡其布長褲，傾著身子對她娓娓道來……

　　醒來後的明，一整天都沉浸在甜絲絲的感覺中，好像是喝醉了的樣子，微醺微醺。一時間她在思考靈魂的問題：當一個人的肉體漸老衰去的時候，他的靈受不受傷？改變沒改變？她望著眼前老態畢現，動作不太靈的丈夫，一把抱住他，問道：「你覺得我這個人，和從前相比，有沒有什麼不一樣？」腦子受過損的丈夫回答：「你比從前更有愛了！」

保險箱

德國　黃鶴昇

振邦嫂這幾年來與先生努力奮鬥，做生意發了大財。她買了好多金銀寶戒，還有上百萬的存款。她憂心重重，覺得藏在家裡任何地方都不安全。

「唉，如今的社會那麼亂，盜竊那麼多，萬一……？」振邦嫂越想越覺得不安全，「就不說有盜賊，萬一房屋起火了，這一切不就煙飛灰滅了嗎？」她憂心重重，天天為家裡的財富擔憂。

振邦看在眼裡，為她心痛。說「老婆呀，你何必為此擔憂呢？現代技術那麼先進，我們買一個保險箱，與一個錄影機連接，只要有人打開保險箱，錄影機就會自動錄影。盜賊跑不掉，大火也燒不壞。這不就很安全了嗎？」

振邦嫂聽了很高興，這可是個萬全之計。於是買了一個保險箱，放在房子最隱蔽的角落裡，還請人安裝一個閉路錄影系統，只要有人摸到保險箱，就會自動錄影。

振邦嫂把值錢的財寶都鎖在保險箱裡。把保險箱的鑰匙繫在腰帶上，這樣就萬無一失了。

可是，過了幾天，她就有些擔心了：「萬一鑰匙丟了怎麼辦？有時上廁所或不小心丟失怎麼辦？」她想來想去還是覺得不安全。兩把鑰匙，看來還是一把繫在身上，一把藏起來比較安全。萬一身上的丟了，還有一把做備用。

可是，這難倒了振邦嫂，把鑰匙藏在哪裡呢？藏在枕頭、被窩或鞋底？都不成。萬一被小狗嘟嘟含走或是被盜賊翻到怎麼辦？或是不小心拿被子去洗時連鑰匙也沖洗掉了？這家裡，哪裡是最安全的地方呢？她憂心忡忡，總覺得沒有一個地方是安全的。

她想了三天三夜，突然開朗起來。「老公，我終於找到了一個最安全的地方放鑰匙了。」她高興地向振邦賣個關子，「這是一個秘密，暫時不告訴你。總之，這是一個最安全，最保險的地方，連小狗嘟嘟都找不到。」

幾個月過去了。有一天，一家人正在用午餐的時候，振邦嫂突然驚叫起來。

「哎呀，老公，我身上的保險箱鑰匙不見了，這可怎麼辦？」

「不必驚慌失措嘛，你把你的秘密武器拿出來，你不是還有另一把鑰匙嗎？」

「我，我……」振邦嫂囁嚅地說，「我把鑰匙鎖在保險箱裡了。」

「你？你？你怎麼會把它鎖在保險箱裡面？」振邦有些生氣了。

「我以為，保險箱是最安全的。」

火葬場

德國　黃鶴昇

　　李局長突然去世，今天在火葬場舉行告別儀式。

　　一具花繡的棺木擺放在殯儀館中央。局長夫人及其子女抱頭痛哭。

　　張副局長心情五味雜陳：「前幾天李局長還召集他們幾位副手開一個雞尾酒會，有說有笑。今天，唉，怎麼就……？」他看了看那具棺木。

　　李局生前為人陰險，心狠手辣，做過許多對不起他的事，壓著他一直當副手。如今他也就如此完了。「人生真是無常呀！」

　　張副局長瞟一眼他的死對頭王副局長：他表情嚴肅，看來他也心有戚戚焉。李局生前對他打擊也不少，有些事還是他從中作梗呢。「人生在這樣的環境裡，不鬥行嗎？你不出招，他就把你踩在腳下了。」

　　追悼會在進行。

　　一陣撕心裂肺的痛哭聲把張副局從沉思中驚醒。他抬頭一看，李局夫人抱著一個小盒子在呼天喚地地哭著，棺木不見了，李局變成一個小盒子。張副局心靈一下被鎮住了：「人生呀人

生！生前七鬥八鬥，什麼榮華富貴？最終的的結局不就是那個小盒子——那一點灰燼嗎？罷了！罷了！」他邁著沉重的步伐，走過去握著李局夫人的手，真誠地囑她節哀順變。他也主動地走過去與站在不遠的王副局長握握手，拍拍王副局的肩膀，說聲多保重。兩人算是和好了。

追悼會完了，人們陸續離去。正當張副局走出殯儀館的門口時，他的手提電話鈴響了。是夫人打來的。

「你到哪裡去了？到處找你不到。姓王的已經動手了。這次李局長一死，他要搶這個正位。昨天他已到市長那裡去了，說了不少你的壞話。我已從市長夫人處打聽到了。你再不動手，姓王的當上正局長，以後我們就沒有好日子過了。」

張副局關上電話，瞟一眼正在走出殯儀館門口的王某，用手狠狠地整一整領帶，輕聲地罵了一句：「這小子，想與我鬥？哼！」

看來，一場人事鬥爭是不可避免的了。

篆書的魚字

德國　譚綠屏

　　是凡對書法有點興趣書寫或者欣賞的人都知道優美的篆體魚字，比之目前象形化的魚字更加像幅魚的圖畫。就是這麼一個中國古老的像圖畫般的魚字，竟然成為漢堡魚市場一家小小生魚片麵包店的招牌。

　　小余從北京來漢堡醫學院讀博士。小余一下子就選中了生魚片麵包店老闆招租的四十平方米小套間。位置就在小店的二樓。老闆住家在三樓和四樓。一來從小店到醫學院交通很方便，有直達地鐵，二來小余又愛吃魚，再說租金也不貴，指導教授給的獎學金足可應付。

　　小余早出晚歸，整天泡在實驗室或圖書館。每天早晨出門時，小店已開張。小余經常會買一個新鮮麵包夾生魚片。老闆通常只收她半價。

　　一個假日的早晨，小余留在住房清理打掃，沒有去實驗室。這一天，城內所有商店除餐館外全部關門休假，麵包店也不例外。街上一片靜悄悄。小余忽然聽到有人輕而急促地叩門聲，急忙打開門。看到六歲的傑西站在門邊，圓睜著淺藍色的大眼睛，

慌張地看著她說：「請快快救救我爸爸！」

　　傑西是老闆的兒子。小余連忙跟著傑西上四樓，見老闆側臥在床，一手伸向電話機，已經昏迷，口唇和指甲泛青紫色。小余一邊接過傑西從床底下撿出的霧氣瓶，扳開老闆的嘴噴藥，一邊急速打電話，叫來救護車。急救醫生送老闆去了醫院。小余滿懷關愛之心安慰傑西，照應傑西的生活。街坊鄰居和傑西的老師也來看望傑西，送來食品和玩具。但是傑西的媽媽沒有來。她在一年前跟著別的男人去了摩洛哥。儘管婚姻已名存實亡，但離婚手續繁瑣，也就拖延下來。

　　老闆出院後很感謝小余的救命之恩，要免小余的房租。但小余執意不肯，認為是自己應該做的，仍然每月按時從帳戶付租金。

　　傑西只要看見小余在家，就會下樓問小余：「可以讓我在你這裡玩嗎？」傑西是個安靜的孩子，他特別感興趣的是小余房間的那些方塊字的書和報紙。當傑西看見小余那盒刻著「車、馬、卒、炮」的中國象棋時，竟高興得手舞足蹈，喜滋滋地拿去給他爸爸看。小余看到傑西，就想到自己七歲的女兒。看傑西這麼喜愛中文字，便逗著玩似地教起傑西中文字。如人、大、木、林等等。傑西居然都很快學會了。

　　有一天，傑西問小余：「爸爸想知道，你會不會寫書法的魚字？」

　　這一問，讓小余頓覺心裡一個興奮的振動。小余上小學時，正逢文革，學校不開課，爺爺就拿出毛筆、硯臺教小余寫書法。爺爺寫得一手好篆書，自然小余也跟著學寫了一些篆字，其中正

有小余喜歡的魚字。於是小余立即打開箱子，找出筆墨，在書桌上教傑西寫起毛筆字來。然後寫了一個大大的篆體魚字送給傑西。

第二天一早，小余像往常一樣下樓，要買一個夾魚片麵包時，老闆禮貌有加地從櫃檯後走出來，遞給小余一份準備好了的麵包和一個信封口袋，並連連道謝，說他非常喜歡小余寫的魚字，要將這個魚字做成招牌釘在店門上。

晚上，小余才得空打開信封，原來是四百馬克，等於一個月房租。小余感謝老闆的誠意，收下這筆錢。小余用這筆錢去漢堡「天地書店」買了中文課本和文房四寶送給傑西做生日禮物。而這個篆體的魚字也真的用古樸的木板雕刻出來，釘在店面上首，成為別具一格的裝潢，吸引了不少亞洲遊客。

可惜好景不長。一天小余在實驗室沒來由地心緒不寧，手上的作業頻頻出錯。小余一心要完成一個證明。如果當天不完成，整個實驗又要從頭做，就要延誤一周時間。小余想早點完成學業，早點回北京。女兒也需要媽媽。夜半，小余終於完成實驗回住宅。果然出事了，一部救護車停在門口。急救人員正在把昏迷的老闆抬上車。同樣是哮喘導致衰竭，但這一回搶救沒成功，老闆走了，永遠地走了。

傑西的媽媽來了，一個化著濃妝的豔麗女人，要帶傑西走。傑西不肯，躲在屋角，說要跟著小余學書法。但是傑西最後還是被媽媽帶走了。魚片麵包店賣了，變成土耳其烤肉店。木雕篆書魚字被取下。小余也傷感地搬了出去。

小余有時會思索，如果她接受老闆朦朧的愛意，老闆是否能活下去？

　　一個月後，小余接到一封律師所的信。根據老闆的遺囑，麵包店小樓賣出後，其中一成贈送給小余。小余得到了四萬馬克。

丈夫要去學功夫

德國　譚綠屏

　　一個丈夫，一個父親，突然要撇下靠他支撐、相依為命的家庭不顧，獨自去一個遙遠的異國山區學「功夫」，這不是一件天翻地覆的大事情嗎？

　　小韻生得纖細瘦削，尖尖的下巴托著一雙黑亮的大眼，全然一副古美人弱不禁風的模樣。若不是眉目之間潛著絲絲不甘示弱的神情，真是活現的一張時運不佳的苦命人相貌。小韻父母早亡，靠好心的兄嫂資助，從臺北來到漢堡攻讀藝術學校。後來結識了半工半讀的漢斯，雙雙墜入愛河而成婚。

　　漢斯體格健壯，滿臉的絡總鬍，看不出比小韻年輕了七、八歲。雖然收入不豐，但一男一女兩個混血的孩子非常聰明可愛，小韻又很克勤克儉。加上政府的貧民補貼，日子過得很安分。由於漢斯是學生身份，尚無正式職業，屬免稅的低收入戶。小韻得不到保證文書，也就拿不到德國護照。但小韻並不為怪。堅強地承擔起母親的職責。兩個孩子健康成長，居然中文能說會寫，全是小韻一手栽培，羨煞了多少中國母親。孩子們乖，丈夫也乖，孩子更是母親的驕傲。看著一雙人見人

誇的兒女。小韻早就忘記了所有的幸勞，只有滿心田的幸福和快樂。

漢斯的媽媽，一位寡居的德國老太太，很是關愛自己的兒媳。眼看兒子的學業一拖再拖，生活不能改善，心痛萬分，便把自己節省下來的一萬馬克送來交給媳婦，以補小家庭的不時之需，小韻感到莫大的安慰。

因為是婆婆的私房錢，為了不影響政府繼續發放的補貼金，這筆錢是不宜存入銀行的。漢斯畢竟是年青了一點。看到厚厚的一疊鈔票，不禁打起了個人的小算盤來。凡是娶了中國太太的德國人，大都對中國文化有股特別的響往力。他看到報紙刊登的廣告，有關大陸河南省嵩山少林寺學習功夫的介紹，一股強烈的願望從心底燃燒起來。要知道漢斯原本愛看中國功夫影片，常和小小兒子一起作一些效仿武俠威風動作的遊戲。他想這下太好了，有了這筆錢，他可以去久仰的少林寺拜和尚學功夫。往常妻子成天不厭其煩地向他和孩子們講述悠久古老的中國文化，真是引人入勝。現在不正是有機會讓他去切身實地的學習中國文化了嗎？妻子一定會欣賞他的見解，成全他的計畫的。

然而向來對丈夫溫存體貼，百依百順的小韻，這回可不答應了。堂堂一個大男人，怎麼可以放下正經的學業和家庭不問，要把婆婆資助養家急用的辛苦錢拿去學「功夫」，開什麼玩笑？「你是丈夫，是父親，你有丈夫和父親的責任。」小韻生氣地大聲指責。

左說右說，各執己見。漢斯意如磐石，小韻急白了一大片頭髮。兩人爭執不休，鬧得要離婚。於是小韻忙著找律師，刺辣辣

的眼光令人心驚。最後，事情鬧到漢斯母親那裡。老太太聞訊大驚，急忙趕到兒子家，收回了那一堆鈔票。還有什麼可爭的呢？事情總算慢慢平息下來，一切恢復原狀。

不久孩子們上了中學，小韻抓緊時機，又去學了一門辦公室電腦課程。結業後順利找到一份能勝任的工作。漢斯也回心轉意，專心完成了大學學業，有了正式的工作。小韻忙策劃搬家買傢俱，改善家庭居住內外環境。

暴風雨過去了，家庭的航船安穩前進。再看小韻的目光，透著溫和，透著平靜。周圍的朋友也跟著安心起來。小韻則認真許下了願，將來有一天，她會親自陪伴漢斯上嵩山去圓功夫夢。

小金牛

德國　譚綠屏

　　南南和北北同齡，是同班同學，兩人又同住在一個社區，從小就喜歡在一起玩。

　　南南的爸爸做生意賺了錢，牛年時買了一隻小金牛送給十二歲的南南作生日禮物。南南把小金牛放在自己的書桌上，很是喜歡。放在掌心細看，一副牛氣沖天的模樣。這可是K金的小牛！

　　北北的爸爸開公司有盈利，牛年時也買了一隻同樣的小金牛。但是北北的爸爸沒有把小金牛送給北北，而是放在客廳玻璃櫃的上層，並不顯眼。北北知道，爸爸也是屬牛的，小金牛是屬於爸爸的。財富嘛，將來自己可以創造。

　　一天，南南和北北在一起看電視，一部外國故事片。片中一段情節是：一個年青貧困的難民走近一個正在花園餐廳吃飯的富人，向他乞討。侍者走過來要趕走年青人。富人喝住侍者，令侍者搬來椅子，擺上食具，請年青人與自己同桌吃飯。相談之後，富人取出錢袋付了餐費，然後把整個錢袋贈送給了年青人。年青人用這筆錢改善了家鄉的困境。

看到這裡，南南小聲嘰咕：「我沒錢時最好有人送錢給我。」北北隨即大聲回應：「我有錢時要送錢給沒錢的人。我要好好努力。」

　　南南得到了物質的小金牛。北北得到了精神的小金牛。

表姐表妹

德國　譚綠屏

　　表姐和表妹是公社文藝宣傳隊著名的一對姊妹花。人長得俊、舞跳得美，迷倒了南北數十里的老少。很多年輕後生將她倆看成夢中情人。人家是知青，不是咱鄉下人，人家是天上飛的鳥。

　　表姐偏偏同宣傳隊的隊長好上了。一個知書識禮的清秀少年，既能編劇，又兼導演，還是大隊小學的校長。可他是農村戶口，返不了城，豈不拖累一生？表姐不管。興許是前生註定的因緣，吃糠咽菜，心甘情願。爹媽早逝，別人也攔不住，說嫁就真的鐵心嫁了。表姐清脆的嗓門一口一個俺爹、一口一個俺娘，叫得土佬公婆心酥酥的。宣傳隊紅火火地鬧洞房，熱鬧了一個通宵。

　　連著三年，生下一男一女，日子過得清貧、簡樸，卻保持著那份舉案齊眉的感人深情。天有不測風雲，人有旦夕禍福。克勤克儉的表姐夫一場急病，在七十里的送醫途中奪命而去。表姐眼一黑，昏死過去。表妹在稻草鋪墊的床前對表姐說：「為了一雙兒女，你就再嫁了吧！」表姐一翻身坐起身，抹了眼淚說：「正

是為了一雙兒女，也是為了公婆二老，我不能再嫁。」表姐頂替了小學校長的職務，一心要繼承發揚丈夫的遺志，辦好學校，造福農村新一代。課餘與公婆餵豬種菜，每日風裡雨裡，臉粗手糙，個中辛苦從不與人道。看著學生和兒女健康成長，表姐百般沉靜、充實，心甘如飴。

表妹考進省城中專，畢業後在省城一家貿易公司做經濟師。為了圓少年時想當演員的夢想，表妹挑挑撿撿，嫁了個省劇團的小生。不料這小生崽天性多疑善忌，或是無中生有，或是小題大作，動不動向表妹興師問罪。表妹自持有理，尖咀利舌，絕不相讓。一個漂亮的家在吵鬧中近乎砸爛。眾人勸和皆不得要領，終於上法庭離婚。表妹的兒子還不滿五歲。

苦悶中，表妹在同事引介下進了舞池。本就是舞臺高手的表妹如魚得水，國際標準舞發揮得淋漓盡致，還中了個大賽的冠軍。與那位一表人材的男舞伴難捨難分。男舞伴是有妻小的人，終不得不痛心分手。再尋再覓，情場苦海無邊，難得如意君郎。可憐原被判歸父親的兒子，被表妹要回，正當少年成長時，放學後孤苦伶仃到夜晚媽媽才回家。離婚的爸爸從劇團下崗，別無所長，自身難保。表妹對進城參加教師培訓的表姐說：「一個人帶孩子，好煩！」表姐說：「孩子小，戀著你，要你管，你不管。等孩子大了你再要管，孩子也不要你管了。」表妹痛下決心，不再涉足舞池。

公司引進外資，越做越大。表妹也越來越忙，職位越來越高。早出晚歸，與兒子總是匆匆忙忙打個照面。家中請了保姆煮飯洗衣。兒子初中畢業不肯上高中，每天去體育館練健美，與幾

個獨生子泡酒吧。社會的日新月異，使這個長期閉鎖的孩子無所適從，很是自卑。表妹眼中的兒子一身雄健的肌肉，歡喜非常。高級健美食品，名牌運動服飾，再貴也捨得為兒子買。

一日表妹難得早回家。兒子坐著不動，自言自語：「活著真沒意思，不如死掉。」表妹聽到，嚇了一跳。尋醫問藥，兒子患上憂鬱症。表妹對兒子更是百般寵愛，事事照應。兒子卻忍無可忍，私自找了住宅搬了出去，臨行聲明，不准母親探視。

表姐的兒子留學美國，考上博士，定居紐約。女兒女婿開辦建築公司，在城裡蓋了房，接退休的表姐同住。表姐去美國看孫子回來，心情舒暢。女兒說道：「媽，你去跳舞吧，老人跳舞的可多了。」表姐重拾年輕時的最愛，一年之後便成為體育場國際標準舞的指導教師。

表妹又升級了。功勳表彰會上笑容滿面，應對自如。偶而她會稍稍凝視窗外一望無雲的藍天。除了表姐，沒有人看得出表妹心中滴血的痛。表妹的兒子拒絕到會。

紅瓤蘋果

德國　譚綠屏

阿爾卑斯山脈中有一個蘋果村，家家戶戶以種蘋果為生。

村子中部的平地土質肥沃，得天獨厚，不必太多管理，就能收成好的蘋果。村中央最得人意的一塊土地屬於凱文。他的蘋果從他爺爺起就有名氣了。他的住房也是村中最大最漂亮的房子。

比爾慕名來到蘋果村。因為是外鄉人遷入，比爾的蘋果園地處村子邊角山坡，夾著亂石，還雜著一半野蘋果樹。比爾非常勤奮，開山引水，讓山泉和融雪順小渠流進自己的果園，定時定量灌溉施肥，像照看嬰兒一樣精心看護果樹。那幾株野生蘋果樹，果實灰不溜秋一點大，味道既酸且乾澀，村人都認為這些野蘋果占著土地面積不如砍了換好樹。然而這野生蘋果樹也有奇特之處，樹上的蘋果切開，果瓤竟是鮮紅的顏色，雖然不好吃，卻是挺稀罕的。

比爾格外小心地培植這些野果樹。到城裡找圖書館查閱資料，剪枝嫁接。幾年下來，野蘋果變得越來越大，越來越光亮，而且味道也越來越香甜，吃起來紅豔豔水淋淋的，簡直就像吃紅瓤西瓜！

比爾的蘋果一上市就被搶購一空。即使這紅瓤蘋果比其他蘋果高出一倍價格，仍然供不應求。

凱文知道後氣憤難咽。自家幾代的蘋果大名聲豈可敗在這外鄉人的野蘋果上！他拉了村中幾戶人家，大家在煽動下摩拳擦掌，一起衝向比爾的果園。乘著比爾不在家，把比爾的果樹全部恨恨砸了。

比爾回來看到果園遍地殘枝敗葉，紅瓤蘋果樹只剩下光禿禿的樹幹。傷心之下找了根繩子掛在樹幹上就想陪著果樹一死了之。

這時天上的掃帚星飛到比爾身邊，用鐮刀一把割斷套在比爾頸脖上的繩索，用尖細的嗓門對比爾說：「你的蘋果死不掉，還會長得更好，而且能治病救人。」

比爾一下子振作起來，擦乾眼淚丟掉繩索，連夜收拾果園。天亮一看，所有的果樹都掛滿了又香又甜的蘋果。比爾忙著將一些上好的蘋果贈送給孤兒院和老人院。

凱文在村子中央踱著方步，漸漸聞到一陣陣奇異的香味，順著香氣尋去，竟是比爾的蘋果發出的香味。凱文一氣病倒，醫藥罔聞，眼看回天無術。天上的掃帚星來到凱文病床前，用掃帚掃了掃凱文的腦殼問道：「你願意跟我走嗎？」凱文驚嚇地說：「不，不！」掃帚星一字一字清楚地說：「如果你不想走，只有一個辦法能夠幫你留下來。這就是：你必須誠心誠意向比爾認錯。」凱文艱難地輕輕應了聲，眼皮都無力抬起。

凱文突然聞到一股蘋果的濃濃奇香，頓覺心清氣爽。睜眼一看，比爾被村人簇擁著，正捧著一個大號的紅瓤蘋果送到他的鼻子前。

　　這回，凱文的眼淚流了出來。

畫之殤

德國　譚綠屏

　　明第一次來找我，就被門房阻在工藝大樓外賓部的臺階下，我去把他領進畫室我的畫桌旁。不久前的一個畫展中見到他，也見到別人，沒想到他會找上門來。幸好這天沒外賓訪客。看著他挺拔的身軀，卻滿臉是汗的模樣，我倒不好意思起來。

　　小青年明，工廠工人，愛畫，比我小好幾歲，有女朋友。我是職業畫師，正為了深造，顛簸在突圍出國的漣漪之中。以後他來我畫室看我，老成得倒像是我的兄長。恰逢我需要人幫忙辦事的時候，他成為我一位有求必應的朋友。在幾近失望的漫漫證件等待中，我以自我為中心，沉溺於創作，或向他抱怨人事的磨難。我要走的資訊來得緊急突然，我都沒來得及關心到明的任何畫作就抬腿走了。想當然中作畫是他的業餘愛好，有業餘愛好的人多著啦，我並不太當回事。

　　二十年後我從德國回故鄉作畫展。妹妹告訴我，明現在是省畫院的畫家了。明答應出席我的畫展開幕式。

　　開幕式上我被人群包圍，他沒有露面。事後他要請我和妹妹吃飯。

晚餐定在市中心最高檔的中西合璧自助餐廳。老外紳士淑女洋洋灑灑在座。明迎面走來，外貌同二十年前一模一樣，和顏悅色，氣宇軒昂。仍舊大哥的口吻：「煩什麼心？入座入座。」

「你賣畫就富到這個地步？我這個外國來的窮畫家今天就榨你一杯。」面對著看不到邊際的山珍海味我說。

「服務員，酒牌！」他抬手一招，酒牌已到我手上。我要了一杯中等牌價的德國杏仁蜜酒。這酒需額外付費，我出國前一個月的工資都不夠付這一杯酒賬。

一年後再回老家，我和妹妹同明約了好幾次才請到他。他正忙於趕畫。屈就一家經濟實惠小有名氣的純中式自助餐廳。德國畫家打工養畫，安貧樂道，有哪個畫家能賣畫致富呢？經濟不景氣，過低出生率，藝術市場首當其衝。

這回明如約帶來他的畫冊。展開畫頁，別具一格的山水畫，氣勢壯觀，韻律酣暢，令我震驚。

我讚歎帶揶揄：「天山美景由你筆下出，其實你每天畫的是鈔票呀！」

他一邊高興地坦陳新買了花園別墅在優美的山林新區，準備安裝各種現代化設施，包括通訊網，屆時與我聯絡就方便了。一邊又不無感慨地說：「別看我賺得多，賺得越多越短命！一幅丈二宣，有的丈六宣，定單三十幅，畫得人要吐了！」

我聽得咂嘴聳肩，頭一次聞言作畫會作得到吐的地步。何苦來哉？我對我的老外學生說畫中國畫修身養性，健康長壽，豈不是癡人瞎話！為了不讓他掃興，我趕忙說：「哪裡哪裡，你們小年輕趕上了經濟文化發展鼎盛時期，好財運呀！我還要

同你合作呢！我畫一群奔馬低壓在前臺，你畫群山居高墊後景……。」

天命之年的「小青年」眼睛一亮：「好呀，要畫那丈二整宣的。」細談之後，我遵其囑，專門去買了一卷丈二宣，像運槍炮一樣艱難運到漢堡。

忙於寫作和會議旅行，冬去春來，丈二宣紙卷還沒有打開。旅程回國過境匆匆，沒顧得上同明聯繫。也想別老打擾人家。作畫專注，是很怕人攪局的。

夏末我回老家，備了禮品，想看看他的新居，他的畫室。不料電話打去，一位女子說：「打錯了。」掛斷。怎麼回事呢？

湊巧一位活躍的畫友來訪，我問起了明。

「你別找了，他不在了。」

我驚愕得說不出話來。晚期癌症奪命。新買的房子還沒有搬進去。痛心啊！我痛悔以前從來沒有關照他注意健康，只因他比我年輕，看起來結實。

幾經曲折，我見到了明瘦小的妻子。每天上班的職場女性。我把十個月前在自助餐廳為明拍的放大照片交給她。她的丈夫笑容滿面。我摟著她，讓她在我的臂抱中哀泣。

明十多年間畫了人家一輩子畫的總和。

為什麼呢？

不眠夜，打開畫桌上的顏料盒，飽飽蘸起一筆明亮的五彩，我向天幕揮去，天上多一顆我畫的星。

老鼠的兒子會打洞

「龍生龍，鳳生鳳，老鼠的兒子會打洞。」

「老子英雄兒好漢，老子反動兒混蛋。」

「紅色風暴」、「紅色恐怖」的厚雲鋪天蓋地。省城重點一中紅衛兵同京城紅衛兵有直線聯絡，早已揮舞長鞭木棍殺氣騰騰。「血統論」標語滿牆滿目。

「如果這個標語貼到我們學校，我就去撕掉。」週末我同從小一起長大的一中老友說。一中是寄宿學校。我在省城重點二中。

不久早上去學校，遠遠看見我班門口新貼著紅色門聯，心中咚咚直跳。走近瞄一眼，「混蛋」兩字改寫成「革命」，變溫和了。我鬆了一口氣，裝作什麼也沒看見走進教室。卻見同學豪傑坐在正對門的位子，雙眼緊叮踏入教室門的每一個人的動態。見我進來後即起身換他座。豪傑是軍幹子弟，愛好書法、繪畫，一心想當畫家。

二中的紅衛兵們終於穩不住了，開始行動。

班長宣佈開班會，課桌排列成一圈。班長、副班長等一夥高幹子弟、軍幹子弟坐在中央首位。

班長講話介紹革命形勢大好，越來越好。然後突然話鋒一轉，指名道姓說我是資產階級知識份子接班人。隨後幾位同學輪流拿起準備好了的本子念起針對我的控訴：我作為班級生活委員，對同學的衛生保健例行工作被指為「腐蝕拉攏」，我把個人物品贈送困難同學是「糖衣炮彈」，我的畫作被批為宣傳資產階級思想。豪傑也站起來質問：她要的是什麼政治？她要的是資產階級政治。——哦，不久前豪傑到我家請我父親看他的畫作，我當他的面對老爸說，講話要注意政治呀。注意政治是正面流行用語。

事情來得太匆然，未見任何預兆。但聞那字字句句如錐子、如刺刀，扎得心口全是孔。地震轟雷般的霹靂聲中，我克制著、沉默著、堅持著，最後幾乎麻木。

回家之後，我默默找出心愛的畫作收集在一起，放了一把火點燃。我去江邊徘徊，我問青天真理何在？望著滾滾浪花我想，如果我投入其中，明天江邊多一具無名死屍，毫無意義。

我返回校園。校長和多位老師頭被剃成西瓜皮，被紅衛兵關押著寫檢查。我班紅衛兵把副校長拉到教室批鬥，一個耳光打去，我奮起遞上小條「要文鬥，不要武鬥」。武鬥沒有繼續。學校不上課，我去看學校的木工幹活。木工師傅歎息著說：「牆倒眾人推呀！」

一中一位女高材生，口口聲聲同「畏罪自殺」的大資本家父親劃清界線，但卻被敵對的同學發現她剪下的辮子系著白頭繩藏在枕頭套裏。她被毒打，然後每天被強迫同「反動教師」們一起勞動改造。

被打死和自殺死的事件時有所聞。

家裏被抄，字畫文具被燒。家父家母都進了「牛棚」。

到底誰是誰非？一位正宗工人出身的同學悄悄對我說：去他的，他們不是人。

誰能站出來公開與他們論理呢？

一個黃昏，我在街上拿到一份小報，回家開燈一看，大驚。──中學文革報，《出身論》，直劈《血統論》。滿眼電光石火。

烏雲終於拽開了缺口，缺口中奔瀉出真理的光輝。窒息中一縷清新的空氣，令人絕路逢生。

烏雲很快就被封上缺口。雲縫中滲出血滴。

我下鄉插隊。運用「其樂無窮」來侃自己與天鬥、與地鬥，但願不要再被人鬥。

我還是被人鬥了。學校的兩位革命教師和一位武裝軍人來鄉下找我，要我交代反動活動。女教師突口而出：「你那時是怎麼鬥我們的？也有你的今天！」啊哈，攪混了，那些耀武揚威舉鞭子拿剃刀的人都躲到哪裡去了？那些英雄老子的好漢兒們！

公社辦公室一整夜的拍桌子打板凳。幹農活使我的精神奇佳，寸步不讓。《出身論》使我心明眼亮，不知畏懼。男教師說：「小小年紀這麼頑固。」天亮，革命者們回城了。公社秘書給我這頑固反動分子雙手捧來一杯新沏的茶：「了不起，了不起。」可見人心所向。他坐在隔壁一夜聽審。

縣辦公室批示：只准好好勞動，不准上大學，不准進工廠。

我在鞦韆上蕩漾，小心拉著韁繩不要鬆手，掉下去就是一具無名死屍。

時代在前進，我終於回到我本身應有的位置。成為職業畫家。又遊學西歐。母校五十年校慶，與我同齡的校長捧著大束鮮花到我家。我作為學校培養的優秀人材，被邀請坐在大會主席臺。

會後一位工人出身的同學好友對我說，豪傑當兵退伍，在北方一家兵工廠坐辦公室。他不能來參加校慶，但是他很想見你。

在同學家裏接通了豪傑的影像電話。

豪傑說：「你變漂亮了。」

「謝啦。」我說。

豪傑又說：「你到底成為畫家了。」

「老鼠的兒子只會打地洞嘛。」我說。

二〇一〇年三月十二日凌晨二時[2]

---

[2] 二〇一〇年三月五日是《出身論》作者，傑出的思想家遇羅克殉難四十年祭。一九八〇年公開平反。謹以此文獻上一個小小的花環。

小氣財神

德國　于采薇

　　我碰到很多德國人，他們總愛嘲笑南德的士瓦本人，說他們很小氣，我一直不知道為甚麼，直到有一次，我有一位德國女朋友愛可，也是思瓦賓人，請我去她家吃飯。我才恍然大悟。

　　她來開門時，喜氣洋洋，一改全貌。平常的她，總是陰陰沉沉的，就像我住在的地方－柏林的冬天。

　　望著她的笑臉，我大吃一驚！

　　你中獎了嗎？

　　她又恢復常態：「唉！又沒中！真不幸！股票又跌了！特倒楣。電費聽說明年要加價，叫我怎麼活？我常去的麵包店，麵包變小，反而多賣兩毛！太過份了吧。連最便宜的土耳其店的老闆，買不到二十歐元，也不送我洋蔥了。從沒見過這麼小氣的人。」

　　五十出頭的她，是內科醫生，有一家病人源源不斷的診所。不過啊，她又展開了少見的笑容，今天有好吃的！所以特地邀請你來共用。

我們坐在她佈置高雅的餐廳裡，白色帶蕾絲的桌布上，點著純水晶的燭臺，屋角傳來巴哈的音樂。

　　她指著桌上成套的餐具。這都是麥森瓷器，我祖母遺留下的，已有上百年歷史了呢！蘇富比時常拍賣呢。她用純銀的湯杓盛了一碗湯給我：「美味可口的蘆筍湯，請用。」那濃濃黃黃的湯，聞不出甚麼味道，我喝了兩口，只感到舌頭一片發麻，再嘗了一下，才發覺是鹹味。是那種打死鹽販子的味道。

　　「怎麼樣，好吃嗎？」愛可張大眼睛望著我。

　　我被那鹽味一口嗆住。正用力清喉嚨。只能發出嗯嗯嗯的聲音。

　　她高興地笑了:「我就知道，你會喜歡。」

　　「這蘆筍是從東德來的，居然這麼好吃，想不到吧！德國統一、二十年了，你知道我付了多少錢給他們！幫他們修馬路、蓋房子、付保險、建工廠，他們總算作了件好事。」

　　她又給自己添了一碗。

　　「好吃！好吃！真好吃！怪不得我阿姨生前那麼喜歡吃。」

　　我正用力嚼著那乾乾扁扁的蘆筍。

　　「你說生生生生前？」

　　我知道愛可有一阿姨，住在南德司圖加特市，是士瓦本人的大本營。

　　我背部一股冷氣衝來，全身上下打個大冷顫。

　　「你請……你請我吃的是……？」

　　「死人」兩個字我硬是發不出聲來。

「是啊，她上個月去世。我去清理冰箱帶回來的。她手藝不錯吧！」

說完，她拿著麵包，把盛下的一點點湯汁，熟練地在盤子裡一轉，沾的盤子馬上清潔溜溜，細嚼慢嚥地品嚐著。然後說：「好可惜呦！在阿姨冰櫃裡，還有好多她烤的鹿腿，我家兄弟動作快，都被他們搶光了。」

我身上的冷汗，變成了一連串的雞皮疙瘩，湯匙裡的蘆筍與我一樣，慢慢地往下倒。

在我還沒落地前，只聽到愛可遠遠的聲音。

「唉呀，小心！小心！那蘆筍，現在已漲到四歐元一公斤了呢！」[3]

---

[3] schwaben：百科全書翻譯為士瓦本。

　士瓦本是民族，部份來自日爾曼，也是地理區，位於德國西南部，以及瑞士東部和阿爾薩斯。

　士瓦本名人：

　賓士車創始人Daimler

　好萊塢創始人CarlLaemnle

　莫札特的爸爸LeopoldMozart

　文學家席勒Schiller

　德國過去四位總統，現任總統HorstKohler

　英雄好漢：刺殺希特勒被叛死刑VonSatuffenberg拍成電影：行動代號-華爾奇麗雅

　納粹：沙漠之狐隆美爾Rommel

室友

德國　于采薇

　　我來德國的第一年，雖不缺錢用，卻覺得日子過得好慘。那年，我大學畢業剛與男朋友分手，又不想去作事，整天呆在家，看到每個人都討厭，那個我住了二十三年的臺北，更讓我窒息，剛好有人說在德國念書不要錢，所以我就來了，至於要念什麼，要去的城市柏林在哪兒更是一竅不通。

　　六月初，到了西柏林，我坐在寬敞舒適的賓士計程車裡，望著沿路翠綠的樹木乾淨得發亮，我深深地呼了一口氣：自由、自由、我終於自由了！

　　車子到了朋友介紹的德國學生公寓，那是一棟破舊的房子沒有電梯，我拖著大皮箱到了三樓早已氣喘如牛了。按了門鈴，一個大男人開門，見到我就抱著，在我左右臉上猛親，我用力從他那充滿狐臭味的胸前掙扎出來，拿出手帕用力擦臉。這時，一陣可怕的尖叫聲傳來，只見一個健壯如牛，披著長髮的女人張開大嘴在笑，這種笑法只有臺灣電視劇裡的瘋婆子才會有，「逆號（你好），我是瑪麗，他是沃夫剛（德語和狼諧音），歡迎來西柏林！」

這是一棟三房一廳的公寓，廚房廁所公用，一個禮拜輪流打掃一次，我的房間靠後院，簡單的傢俱，地上鋪了個發黴的床墊，打開窗子，一群鴿子飛走，留下一大片羽毛。

晚上，瑪麗和「狼」為我接風，桌上擺著幾塊深淺顏色的「肥皂」，散發著怪味，想必這就是乳酪吧。桌上還有一大盤紅白相間生肉片，我告訴自己：右手拿刀，左手拿叉，切了一塊黑漆漆的麵包，據說這是德國最有名的黑麥麵包，我一口吃下，又硬又苦，好像在嚼鞋底，「味道如何？」我趕緊點頭微笑：「好吃極了！好吃極了！」我總不能讓他們失望吧？

第一個晚上，就是抱著疼痛難忍的肚子，在充滿黴味的床墊上睡的。

第二天，我睡眼朦朧地去洗澡間刷牙，突然傳來一個男聲：「你是那位臺灣女孩吧？」我左看右看找不到人，只聽到嘩啦嘩啦的水聲，原來拐角浴缸裡躺著個男人，赤裸著一身的毛，我這輩子第一次看到光屁股的男人。「天呀——」我丟掉牙刷尖叫一聲，衝入瑪麗的房間：「有一個男人好像大猩猩，躺在澡盆裡，居然一絲不掛！」瑪麗正拿著刮鬍刀在刮她腿上的毛，她輕鬆地把毛吹到地上，輕描淡寫地說：「Manfred（曼非），念電機的室友。」「他怎麼這樣沒有公德，故意讓我去看他光屁股，是不是變態？」她瞄了我一眼，點起一根煙，「你剛從臺灣來，不瞭解我們的生活，在這兒上洗手間從來不鎖門，以表示女男平等，你應該瞭解一下德國的文化。」

這個小宿舍，訪客比住客還要多，學醫的「狼」時常有研究小組，常來借我的書桌用；念社會系的瑪麗，來看她的人更多，

這些人在廚房餐桌上七歪八斜地反「越戰」、反「資本主義」，更嫌西德政府給學生的補助金太少；那個「大猩猩」住在我隔壁，每天收音機開到最大聲，若他不在，取代收音機的是窗前鴿子的叫聲。

幸好語言班開學了，早上洗澡間總有人在，我也不敢進去，所以一個星期裡，我總有幾天沒有刷牙洗臉就去上課。中午，我在大學餐廳吃飯，餐牌上一排排的蚯蚓字我哪裡懂，只好每次都叫三號餐，只因為這套餐裡有米飯。我一個人靜靜地坐在角落裡吃，不認識一個人，不敢和任何人打招呼，也沒有勇氣和人家講話，我更沒想到德文這麼難，除了聽不懂，更張不開嘴。我要壓著喉嚨發「r」音，我每次在班上發這個音都會被人笑。

週末，我一個人去公園散步，看湖邊的天鵝和鴨子在游泳，比我還快樂，羨慕它們命好，如果在臺灣早就被偷捕，殺了吃肉了。

我想到了「反共樓」（餐館名）的北京烤鴨、「大陸廳」的南京板鴨、「蔣家殿」的京華火腿，突然爸爸那張嚴肅的臉，媽媽那張嘮叨的嘴，妹妹那諂媚的笑，甚至弟弟的臭球鞋，我都懷念起來，我的眼淚一顆一顆隨風而落，我想回家！可是，我只來了三個月，花了家裡一大筆錢，學位沒拿到，丈夫沒找到，我怎麼好意思回去？

這就是我要的自由！

「虛偽」

德國　于采薇

　　室友瑪麗沒事，總來我房間轉，與我談馬克思、恩格斯，我從來沒聽過他們，基於禮貌，我總是點頭微笑。有一天她又來了，嘰哩呱啦講一大堆，我都沒聽清她說什麼就像往常一樣說「Yes，OK！」。

　　第二天，我不舒服，躺在發黴的床墊上，聽鄧麗君的「何日君再來」，瑪麗衝進來，雙手叉腰，氣憤地大吼大叫。原來他們三人請我去聽音樂會，為了等我，錯過了上半場。我忙說「對不起，對不起」，她氣得臉上肥肉直動，「你病了為什麼昨天還答應我？又一個勁地點頭微笑？你那一套在臺灣的虛偽做法，在德國行不通！」長髮一摔，轉身就走，那兩個男人跟在後面，冷冷地看著我。我這一輩子從沒受到這樣的侮辱，我生病了，你們不來安慰我，卻衝進來大罵，你們這些洋鬼子，有什麼了不起，都快三十歲了，還在念大學，在臺灣，這個年紀早該賺錢養家了！我一個女孩，寄人籬下，就得受這種冤枉氣嗎？

　　一連幾個星期，我視他們如空氣，躲在自己的房間裡，白天鎖門，晚上又加把椅子抵在門前，那「大猩猩」和「狼」有喝酒

的習慣，酒能亂性，不怕一萬，只怕萬一。

終於，有一天，瑪麗來了，舉雙手和我講和，要跟我一起去游泳。我一字一頓地說：「我、不、會！」她放聲大笑，「你不會游泳？臺灣不是海島嗎？」「我不會游泳，也永遠不會被淹死！」我冷冷地回敬道。「那我們去騎腳踏車吧。」我說：「我不會騎腳踏車，臺北交通便利，有巴士、地鐵、計程車，根本不需要腳踏車。」這可是實話實說。「怎麼可能？報紙上說，臺北交通很亂，每天都有交通事故。」她不是來道歉的嗎？怎麼又開始指責我？「德國很多人死於肺癌、酒精中毒，你每天還要抽煙喝酒！」「抽煙喝酒是我的自由！」她挺起上身，那兩隻不帶奶罩的大奶像木瓜一樣搖來搖去，「你知道什麼是性解放嗎？我猜你還是處女吧？」她怎麼可以這樣侮辱我！「在臺灣，只有吧女才抽煙喝酒，女人沒結婚就與人上床是很賤的！」（各位別忘了，那是二十年前的臺灣）「你們中國女人幾千年來都受男人虐待，我們西方女人爭取自由，我願意和誰上床是我的私事！」「一個女人最重要的就是相夫教子！」，我老媽最讓我討厭的嘮叨話，此時居然讓我倒背如流：「她要會做家事，會燒一手好菜，以賢妻良母為榮，我們臺灣，很有倫理道德，因為我們有至聖先師孔夫子的哲學。」她點了一根煙，狠狠地吐到我的臉上：「我看你不是Kong Fuzi，是Confuse（糊塗）！臺灣那麼好，你為什麼要來德國？」

我衝回房間，倒在發黴的床墊上，不知哭了多久，這就是我要的自由？瑪麗一定有種族歧視，此時，我恨透了這個帶狐臭味的日爾曼女人。

第二天，我拖著箱子，叫了計程車，搬到了女青年會。幾個星期後，我順利通過了德文考試，居然拿到了滿分，老師驚訝地誇獎我了不起，我謙虛地微笑說：「沒什麼了不起啦，不過每天在家多聽聽錄音帶而已。」

　　我彷彿聽見瑪麗招牌式的瘋婆笑聲：「要不是每天和我爭吵鍛鍊了德文，你會有今天嗎？你這個人，到哪裡都改變不了虛偽的個性！」

君君

德國　王馥秀

　　君君是個活潑、開朗的樂天派，見到什麼人有了委屈都要上前慰問。在君君的眼裡，世界上最美麗的就是媽媽。

　　君君今年要滿三歲了，是爺爺奶奶的心肝，爸爸媽媽的寶貝。小圓臉上小圓眼睛像桂圓核一樣，漆黑晶亮。滿頭黑髮像她媽媽小時候，烏光水亮的，蓋滿了一頭。瀏海齊額，後面的圍著脖子滴溜一轉，就這個樣，坐在大沙發上的時候，小人看起來像個東洋洋娃娃。她爸爸說：「我們君君不是頂漂亮，但是"ㄨ酷"啦，像她媽媽，所以逗人喜歡！」

君君的早晨

　　每天清晨，君君六點半就迷迷糊糊地慢慢醒過來，通常是爸爸沖好牛奶，塞進她的小嘴裡，就這麼邊吃邊醒到一直醒透，有牛奶遲到的時候就隔著屋大叫：「鄭俊祥爸爸，我的牛奶呢？」她爸爸就會「來囉！」一聲，馬上替她弄。而媽媽的清晨是極寶貴的，她也從不點Kitty媽媽的名。喝完了牛奶，小君君又是一

聲：「鄭俊祥爸爸洗奶瓶！」她爸爸也快快地應了替她拿走奶瓶去洗了。然後是抱起君君到媽媽屋裡的大床上，讓媽媽給她梳洗換衣。君君有時候會自己想好穿什麼衣服、配什麼鞋子。有時候，冷天裡非要穿小裙子小皮鞋的時候，就會惹出媽媽的火來，等君君大哭了，她媽媽就關起房門說教一番。梳洗穿著停當的君君被爸領著跟媽媽說了再見就送到隔街爺爺奶奶處，由奶奶領了去上全天候的幼稚園。爸爸媽媽兩人這才一同上班去。

君君的個性

君君是個活潑、開朗的樂天派，見到什麼人有了委屈都要上前慰問。見媽媽板了臉，就會逗著說：「媽媽不生氣，妳笑一個給我看，妳笑一個給我看嘛！」但是碰到愛哭的豬表弟，君君就沒法子了，先還苦苦的勸說：「王進不哭，王進不哭嘛！」但是等豬表弟還是一個勁兒的哭不停的時候，君君表姊只好一邊站著，皺著小眉頭，煩惱的看著他了。但是君君是個急性子！屋裡不知怎的進了小黃螞蟻，她用小手指一隻兩隻按著玩。到最後多了來不及，就用手掌一撥拉，來個一網打盡。君君也大方，家裡來了客，君君會趕緊抱出裡面裝著瓜子花生的大果盤出來敬客，還不忘丟上一句：「叔叔吃瓜子，但是不要吃太多喲！」原來她媽媽怕她吃多了瓜子、花生破了嘴皮，所以總丟下這句話，也就被她學說去了。

君君與家人

在君君的眼裡，世界上最美麗的就是媽媽了。媽媽晨間站在鏡子前妝扮停留，就會聽到後面歪在媽媽大床上的君君讚道：「媽媽好漂亮！」每次跟著媽媽到美容院裡，媽媽洗頭、做頭髮，君君就在旁邊翻閱美髮女郎雜誌，但是「最漂亮的還是媽媽。」君君說。遠地來的阿姨確是花了很多時間才讓君君不無嫉妒地說出：「阿姨也漂亮。」為了阿姨和君君不能馬上打成一片，叫媽媽很傷了一點腦筋，後來因為阿姨跟君君在一個房間住了一個月，又發現阿姨也會唱跳她會的歌，什麼「妹妹背著洋娃娃……」「三輪車跑得快……」「哥哥爸爸真偉大……」這才真認了這個阿姨為朋友。跟君君最好的就是姑姑了。因為君君可以爬到姑姑頭上為所欲為而不遭叱責。有一天姑姑帶她洗澡，用小髮帽將她頭髮包住，只露出個滑稽的小臉蛋，姑姑瞧著笑彎了腰。第二天輪到奶奶替君君洗澡的時候，君君就說了：「奶奶，我帶小髮帽，你不要笑唷！」還有爺爺也疼君君，知道她會拿著卡拉OK唱歌以後，決定送君君一套卡拉OK。

君君與弟弟

君君每天晚間睡覺前的祈禱詞是：「願爺爺，奶奶，外婆，爸爸媽媽、姑姑舅舅阿姨表哥……身體健康，平安！」之外，還盼望「媽媽生個弟弟！」，那麼就讓「媽媽生個弟弟」當做君君三歲生日的願望吧！

蒂蒂

德國　王雙秀

　　蒂蒂到港城來留學的那一年，已經是大學畢業以後的第十年了。大夥兒總納悶，畢了業已經十年的單身小姐還留什麼學呀？後來她人來了，有人就問她這個，回說：「找丈夫嘛！」叫問的人倒啞口無言了。怎的竟有這等乾脆的小姐？話說蒂蒂要來港城之初，是人未到，確已把個港城搞得人仰馬翻，幾大箱衣物分春、夏、秋、冬，還有書籍、電鍋和各式南北貨，看樣子就差沒有把閨房也搬了來。後來蒂蒂媽還怕餓著她了，竟航空寄了一大包洋芋。豈不知德國的洋芋正與臺灣的香蕉一樣賤命的。真是可憐天下父母心呀！說到這人還未到，請教留學機宜的航空信卻左一封、右一封，來得像雪片，我們在這裡等蒂蒂，可真是望眼欲穿呀！

　　後來總算把個人等到了。人瘦長、大眼高鼻，聲音緩慢低沉，是位山東小姐。套用一位昔日華岡德文系主任王家鴻老教授的夫人王師母的湖北話來說就是：「這位小姐是真有味呀！」蒂蒂真個是又寶又有味。好不容易千里迢迢地到了洋邦，就成天價想看電視影片裡的某一種鏡頭，等看完了還批評說：「怎麼！就

這麼算完啦！那實在也沒有什麼了不起的嘛？」話說，蒂蒂這人正直、良心好，走到哪兒人都愛，我們的日爾曼優秀後生赫曼先生就沒逃過這道美人關，三兩招沒過就拜倒在石榴裙下了。大夥兒一道在公園裡的湖邊上散步，特意製造了機會，讓他倆兒並肩同行，見兩隻手肘子要碰不碰的，大家笑問蒂蒂：「你們倆兒人要好啦！」她還硬不肯承認，說：「誰跟他好？要好，你去！」可真是拿她沒轍。結果赫曼為修習中文拿了獎學金去了中國大陸，大夥說破了嘴，訂了婚再去嘛，就不肯，還回說：「要訂，你去！」

反正這段未了情只好借之魚雁傳遞了。大家可都瞧得出，赫曼是實心人，套句俗話說是「打著燈籠都找不著的好先生」，也就是我們蒂蒂心盲，但是誰又知那是真還是假呢？女孩子的心，可就像天上的雲、海底的針，難捉摸呀！說到這魚雁傳信，可又有故事說了，赫曼的信左一封右一封的，省吃簡用又寄了不知多少包裹到我們蒂蒂手裡，最後乾脆寄來了錄音帶，好個狠心蒂蒂，聽了沒事兒人一樣，倒是把旁邊的滴姊感動哭了。說到滴姊，倒是前前後後為這兩人的事操了不少心，赫曼感念這個，就寄了封問候信給她，結果叫我們蒂蒂知道了，可開了金口，發了玉音了，說：「有什麼好寫給你的？」聽聽，聽聽！想是打翻了醋缸啦！赫曼去國一年，存了不少馬克，選了天地有情的春四月回來訪蒂蒂，真是天好、地好、人又和，所以竟是皇天不負苦心人，這次叫頑石點頭，興興頭頭的買了訂婚戒指。這個時候，大夥存心嘔蒂蒂，說：「多考慮考慮嘞！婚姻可非兒戲，不怕他在那邊有變了啊？」不，這次小姐可是吃了秤鉈鐵了心了，竟回

說：「不管你們怎麼說，我這婚可是結定了！」滴姊見大功就要告成，鬆了心，就戲耍娣娣說：「這下子可好了，你結了婚，我可好好的鬆口氣了。」你猜我們蒂蒂怎麼接的：「那裡呀！結了婚，好戲才正上鑼了呢！」

記不記得我？

荷蘭　丘彥明

「記不記得我？」兩人對坐在餐廳裡，阿姨笑咪咪捉過她的手，緊緊地在桌面中心握住。她立刻瞧見阿姨肥短粗糙的左手中指上戴著一隻翡翠戒指，腕上還晃著一隻成色極美的羊脂玉鐲。阿姨今天盛裝而來，真絲彩繪套裝，滿布皺紋的臉上還塗了胭脂，她有些訝異阿姨如此慎重；相對她的短袖T恤衫、牛仔褲，不戴首飾不施脂粉，似乎失禮了。

阿姨激動提出的問題，她尷尬不知當點頭還是搖頭，這個約會完全是為了讓八十多歲的母親心安。她與阿姨所有交集就是她零至一歲的那一年，而後她平順長大出國三十六年，在國外安家有份好工作；對阿姨所有印象均來自母親。

（「月娘中風過，雖然七十多歲，卻已老態龍鍾。她以前那麼疼愛你，說很想念你。雖然你回國時間很短，還是要念情意，請她吃頓飯吧！」）

「阿姨，這絲瓜蝦仁湯包是特色菜，請趁熱吃。」

「我兒子很會賺錢，不過媳婦太會花錢，實在看不過去。」

「蔥燒鯽魚骨頭燉酥了，不必挑刺，放心吃。」

「我們住的房子，別人都說是豪宅，八千多萬買的，不是用貸款，一次付清。室內裝潢全是歐式名牌傢俱。」

（「月娘為幫家計十八歲時到我們家做女傭，雖沒讀過書不識字，但伶俐勤快、善良心細，把你當成得到的寶貝洋娃娃照顧。你周歲後，月娘父母為她說了一門親事，月娘捨不得你，竟不願出嫁，我親手備了一份嫁妝，體體面面把她嫁到婆家。」）

「醉雞，嚐嚐！很入味。」

「你開什麼車？我兒子開的是今年最新款的賓士車，又大又黑亮。」

「無錫排骨，肉都燒軟了，一點也不油膩。月娘阿姨，來一塊。」

「媳婦說她比較喜歡寶馬車，我兒子馬上另外替她買一輛。」

（「夫家經濟情況不好，公公癱瘓、婆婆瞎眼，全靠月娘侍候，還得背著小孩下田，非常辛苦。她既孝順又能幹，真為難她。幾年前丈夫去世，到臺北闖蕩當了大老闆的兒子接她到家中奉養。」）

「雪菜百頁，素菜，很爽口。要不要給您盛一小碗飯？」

「家裡請了一個外勞，二十歲印尼女工，不會講臺語，我只好和她比手劃腳。做別人家的工，老想偷懶，吃東西還挑嘴浪費，罵她也聽不懂，氣死我。」

「我兒子還想在陽明山再買幢別墅……」

「我孫女每件衣服都是幾萬塊錢的名牌……。」

她望著餐桌前碎碎念個不停、不斷顯闊的阿姨，與母親的描述完全無法吻合。

　　這是一家她很喜歡的上海菜館子，廚師菜做得細緻且味美；兩個人吃飯不容易點菜，為了感謝阿姨照顧過她，特意多點兩道，表示敬意。阿姨只顧喞喞地說著自家瑣碎事，並不斷間雜說：菜點太多了，浪費。很少動筷子，阿姨面前的小碟逐漸累滿了她殷勤為其夾放的菜肴。她遂想，這樣用心的美食請這位阿姨，實在委屈了好廚師；於是她禮貌地微笑彷彿傾聽，事實左耳進右耳出，把心轉放在仔細品味上：今天的絲瓜湯包保持了一貫的鮮美熱燙，排骨火候調味恰到好處、肉軟不膩，蔥燒鯽魚蔥味入魚、魚味入蔥餘味無窮，雪菜百頁清爽、滑潤可口，醉雞的肉甜皮脆、酒香濃醇。

　　匯帳，服務員講付過了。她吃一驚，原來阿姨趁中途上洗手間時先把錢給了。「不行，說好我請客的。」她把錢塞還被強行推回，阿姨得意地說：「我現在錢多得用不完。聽說國外生活很清苦，你還是省下留自己用吧！」她愣住了，朋友們總是羨慕她生活過得逍遙自在、恬靜舒適。

　　「真高興你記得我，回國還特別看我。」阿姨道別，再次拉著她的手久久不放，一頓飯下來阿姨厚厚的唇膏掉光了露出乾癟的嘴，話說多了精神明顯疲憊不堪，似乎站得搖搖晃晃，司機迎上前來扶持住。

　　注視阿姨邁著蹣跚腳步離去，她一陣傷感，經過五十多年，從不覺得自己老過；但，曾經屬於她的年輕月娘，老了！死了！

我今年十七

荷蘭　丘彥明

　　天亮了，起床刷牙洗臉後，穿上黑色圓領Ｔ恤，外罩及腰短皮衣；一件迷彩牛仔褲緊包著屁股；雙腳套上一雙超尖頭的黑短靴。盥洗台的小鏡子前，端視了一下昨天新剪的髮型，濃厚的髮膠把豎直的頭髮分聚成幾撮；從桌上拿起一包口香糖放入褲口袋。

　　鹿特丹的房間八平方公尺，一個小盥洗台，一張單人床、一張小桌子、一把椅子，一個塑膠衣櫥就已經滿了。和一名老鄉合租下這間房，兩人輪流回來睡覺，節省房錢。

　　出門，這日天氣清朗藍空無雲，步行半小時走到火車站，買了火車票上車。車行一小時到站，轉搭公車，來到一處僻靜的山坡角下。往四周看，都是茂美青綠的林木，公車站旁邊有一條小徑通往山坡上。他抖了抖手腳，輕鬆地就原地跳了幾跳，摸了塊口香糖塞進嘴裡，順著小徑小跑步起來，直到坡頂一幢白色落地窗的大房屋前停了下來，沒錯，和幾天前一位老兄描述的相同。

　　走進一間獨立辦公室，一張大辦公桌後面坐著一位肥肥胖胖

的老先生，一頭捲曲白髮，張大藍色的眼睛，臉上堆滿和善的笑容問：「大家叫我『老爹』，找我什麼事？」

他定了定神回答：「我來申請難民。」

「怎麼來荷蘭的？」

「我是孤兒，從浙江被騙到這裡來。」

「幾歲？」

「我今年十七。」

※　　　　※　　　　※

他往進了難民營。

難民營裡收容近百名來自世界各地的難民，暫時住在裡頭的大多數是各地戰亂後接收的難民。老爹是營中管理青少年難民的工作人員，充滿愛心，無怨無尤悉心照護這一幫受難的年輕人。

老爹按難民營幫助孤兒的定規，為他聘律師申請合法居留。在這段程式期間，老爹安排上學學習荷蘭語。住在營裡，老爹夜裡巡房時，常常發現他棉被沒蓋好；老是貪睡，老爹來拉他起床催促上學，他手腳亂踢要賴不起；還不時和營裡其他的青少年打架，老爹不得不出面調解；從學校跳窗蹺課騎自行車在馬路上橫衝直撞，害老爹到警察局保釋；削水果一定傷到手，老爹替他包紮後接過小刀削皮，歎口氣說：「我家十五歲的孫子要比你強多了。」……為變成老爹眼中調皮搗蛋卻又惹人愛憐的小夥子他竭心盡力。

不久，從老爹處領到一張銀行卡，每個星期從銀行取錢機可以取到十幾塊錢的零用金。難民發的零用金雖然非常少，他還是很謹慎地處理這筆錢，每星期一定去銀行自動提款機把錢全數領出，免得被懷疑。接著，拿到了難民卡，可以出營找零工做，只是每星期三傍晚要返回難民營，次日早上簽名報到後，方可離開。特殊證件讓他來去難民營可以免費搭車。

不需回難民營的日子，回到鹿特丹找了一家中國裝潢公司打工，幫忙油漆及做木工。和老闆講定每星期三下午離開工作，星期四中午恢復上工。同伴喜歡在夜間休息時間，聽他說難民營的故事，和他十七歲的英雄行為。有時候不免調侃幾句：「奧斯卡最佳男主角應該頒給你，演技那麼棒！」

半年之後，終於收到律師來信，安排了日期上法庭，將判定是否接受他在荷蘭合法居留下來。

站在鹿特丹港邊，遙望「紐約賓館」的霓虹燈在月夜裡更顯燦爛輝煌。碼頭裡停泊著許多船隻，從家鄉福建長樂搭船偷渡，他躲在船艙底下拉撒嘔吐，經月不見天日，在這裡非法上岸。

從夾克上衣口袋掏出錢包，取出夾層中的一張，就著路燈凝視，照片裡的三個孩子對著他天真無邪地笑著。撫摸著照片、撫摸著笑容，最後，再也忍耐不住痛哭了出來，歇斯底里地喊叫：「孩子啊，你們一定要幫幫爸爸！……」

荷蘭十七歲的他，中國戶口本上是三十五歲。

好事

荷蘭　丘彥明

他的車就停在屋前馬路邊。

一夜徹骨嚴寒。早晨他穿上厚厚的大衣，提著公事包出門，迎面一股寒氣，臉頰、耳朵立刻感覺冰凍。快速走到車前，果然不出所料，車窗上結了一層厚厚的冰。

戴上手套，拿起塑膠刮刀，開始刮車窗上的冰層。住在寒冷的地方，冬天下雪、結冰，是正常氣象，習慣了也沒什麼好抱怨的，刮車窗冰雪也不過是冬天必須進行的例行公事罷了！

今天車窗上的冰結得特別厚而且堅實，刮起來十分費勁。肯定午夜後下過幾陣雨，才會凍成這樣。還好，今天出門早，耐著性不慌不忙慢慢地、仔細地刮著車窗冰。順時鐘方向，從前窗開始刮除，接著是右邊兩扇側窗，再是後窗，最後是左側兩扇側窗。

十五分鐘過去，感覺鼻水往下溜滑，眼睛順勢看向鼻尖，已經凍紅了鼻頭，臉頰更是冰涼僵硬。沒關係，就剩最後幾刀了，他咬咬牙，猛的往回吸了一下鼻子。

大功告成。審視著車子，他有幾分自得。滿意自己連刮車窗

這樁小事都能不徐不急,而且毫不馬虎。光光亮亮的車窗,美極了!這般能耐幾人能夠!

回想留學國外,勤工儉學,五年寒窗總算拿到了學位。原以為可以就此揚眉吐氣,偏遇到經濟不景氣,奔波了幾個月好不容易才在一家公司撈了個職員的位置。雖覺窩囊,但是不服輸的性格,支持著他花盡心力在工作上爭求表現。整整一年半,他積極有勁為公司賣命,事無鉅細,只要交到他手中一定做得漂漂亮亮。終於,上星期老闆找他個別談話,笑著告訴他:公司決定提升他為業務經理,加職加薪,暫時保密,命令會在月底公佈。雖然事情並不算意外,他還是激動得緊握老闆的手,內心洋溢著知遇的安慰……

自我欣賞著車窗,欣喜在心中歡唱,生活便是這般美好,充滿希望,有播種就有收穫。

突然眼光移轉到車頂上停住了,「咦!怎麼會有一根天線?我的車沒裝天線啊!」自言自語,同時心頭一掉,急忙俯身從光亮的車窗往車內瞧。

完了!完了!功夫白費,怎麼是別人的車?扶扶眼鏡,再一張望,壞事!自己的車不就停在剛刮好冰的這輛車前面,怎麼會如此荒唐?

看看錶,上班時間有點趕了,沒法再探究竟。趕快三下兩下,匆匆把自己車上的冰刮出視線所需的範圍,開車上路。

在辦公室裡,他整日魂不守舍,老想著刮錯車的窩囊,讓別人白占了便宜。他跟每位同事重複同樣的故事,搖頭道:「也不知道那個傢伙中了特獎?你們沒看見每片車窗刮得像鏡子一般,

保證可以照出每根鬍子。」憤憤的語氣，完全失去了平日的自嘲與幽默。

下班看見那輛車仍停在門口。白天一場雪，重新把光亮的窗面蒙蔽。此情此景，讓他心裡舒坦了一些。踏進客廳，他笑著招呼；「媽！」咦！沒反應。又重複叫了一聲。岳母頭抬也不抬，一臉寒霜，聽若不聞的盯著電視螢幕。

熱面孔貼到冷屁股。今天怎麼早也不順、晚也不順？「怎麼回事？」踱進廚房，他放低聲音詢問正在做晚飯的妻：「媽還在生昨晚的氣！臺灣獨立不獨立、和中國大陸統一不統一？每個人總該可以有不同的的看法嘛！民主，甚麼叫民主？就是可以有個人意見……」

「還說呢！」妻炒著菜，一股煙氣味道窒膩，打斷他：「媽氣了一整天鬧著要走，講一輩子沒受過這麼大的氣。我求了半天，才勉強把她留下。嫁給你，圖你老實，沒想到你心機那麼深、那麼惡毒！」妻眼眶紅濕，聲音哽咽，接續道：「說好媽來咱們家住一個月，現在一星期還不到。昨晚媽講你思想偏激，就記仇啦！一早把她車窗上的冰刮得乾乾淨淨，趕她走用這種殺人不見血的手段。我真瞎了眼，嫁你這種小人！要趕我媽，乾脆連我一道趕好了。馬上當經理了，黃臉婆礙眼，趁機去找個貌美嬌妻。」話一串接一串越說越激憤，眼淚直落炒菜鍋裡，「吱！」一聲熱油飛濺。

「話說到那兒去了？我！唉！……」他漲紅了臉，攤開雙手，話哽在喉頭。解釋、怎麼解釋？這黑鍋怕是一輩子刮不乾淨囉！

男人和他的咖啡杯

荷蘭　丘彥明

　　白色飛雅特敞篷跑車在希臘克里特島上輕快的賓士，漫無目標閒遊，深入山中、沿海而行，任憑車速揚起的風流恣意吹蕩起髮絲。整個島子空氣中飄流的盡是檸檬花與橘子花混合的香味，一會兒濃一會兒淡。

　　不知經了多少村過了多少店？越往山頂深處盤旋，越是房屋稀疏、人跡罕見，遂有荒涼之意。一次大幅度急轉彎之後，一個小小的木製「咖啡」標牌，冒冒然迎面而至，內心被它猛然撞擊了一下，直覺反應一踩剎車，把車往山路邊一讓停了下來。

　　沿著細窄的山道往上走幾十步，幾階石梯通往一間白色老屋，窗框、木門鬆了天藍色油漆。屋前有廊，虛掩的門外兩側各擺一張小小的鑄鐵圓桌、兩把有靠背的鑄鐵椅子，桌椅線條優美，但明顯已見鏽斑。挑揀其一坐下，環顧院子花草繁美繽紛，眺望前方山坡青綠遠處樹影綽綽，悠哉了一陣卻不見人前來招呼。

　　輕輕推開木門，室內有些陰暗，陳設簡陋卻收拾得一塵不染；一位中年男人臉頰清瘦坐在櫃檯前走了神。

咖啡端上桌，店主悄聲隱遁。低頭，咖啡香味伴隨嫋嫋煙氣撲鼻而來，捧起瓷杯瓷盤驚訝地發現質地精細，描繪的半抽象圖案是太虛是紅塵，色彩線條搭配加一分嫌多減一分嫌少，細細把玩愛不釋手，咖啡的品味早擱一旁去了。

　　山野僻地怎麼會有這般典雅超俗的咖啡杯？偏過頭去，半掩的門裡，男人身軀端坐在櫃檯幽暗一角，兩眼發直明顯靈魂再度出鞘，飛越千山萬水不知遊到何處。

　　靜靜坐約一個多小時，踱進屋內付錢，一手遞出紙鈔同時由衷讚美：「你的咖啡杯真美！」男人略帶茫然的臉一下子散發出燦爛的光彩，眼睛含蘊溫柔的笑意解釋，咖啡杯出自一位著名希臘設計師，總共只做了五十只。很遺憾，人已故世。男人敘說咖啡杯的神情，宛如描述最深愛的女人充滿無盡纏綿眷戀。流利的英語，富韻律節奏的低沉音調，彷彿朗誦詩般迷人。我再三道謝，感激名貴咖啡杯款待的心意。

　　次日下午，我特意開一個多小時車蜿蜒上山，專程來到這家沒名字的咖啡店，男人仍坐在櫃檯前走神。咖啡杯還是那希臘設計師的作品，圖案不同卻與昨日屬同一系列。這次玩賞器皿之外，細品了咖啡的味道，略苦中飽含豐富的醇香，挑咖啡豆、煮一杯咖啡，男人用了心。接下來兩星期假期像上了癮似的，我每天總會在午後或黃昏沿羊腸小徑開車上山，去男人那裡喝一杯咖啡。

　　除了第一天的交談，彼此不曾再多說其他，固定的言語就是：妳好、你好、一杯咖啡、請慢用、付錢、再見、請走好。喝咖啡總維持我在明男人在暗的狀態，各自在屬於自己的角落冥

思，唯一不同是男人為我每回換一隻不同圖案的咖啡杯，那希臘名設計師遺留的創作。

咖啡杯是每日喝咖啡過程唯一的變化嗎？不！從舌尖逐漸領略到了咖啡氣味的改變，男人每日煮出的咖啡並不相同，略苦醇香的基調中有時流露他心底低沉的歎息、情緒矛盾的掙扎，有時是遠山含笑、流水淙淙，有時是親情愛戀的糾纏，有時是孤獨的空虛，有時是清風明月、鳥語花香，有時是對生命的憧憬，有時則是面對死亡的無奈……。

島上最後一日，踩著夕陽坐在老位子，猶豫要不要跟男人提，調製一杯帶離別色彩的咖啡。結果仍只說：請給一杯咖啡。這天，咖啡裡喝到潛水觀魚的閒情。突然升起一個念頭：不知主人肯不肯相讓一隻咖啡杯？

付帳時沒有出口，畢竟不忍奪人所愛。互道再見，注視著男人深邃的眼睛，沒講明日不再來了。走出屋外來到石梯處回首，影子被拉得好長最頂尖還搭在咖啡屋的前廊上。沒看見男人，猜想仍坐在櫃檯的陰暗裡，那裡他沒有影子。

克里特島度假已是多年前的往事，每次喝咖啡，總不由自己憶起那地中海島嶼山中的男人和他的咖啡杯。一個只有三十七人的散落小村，遊人稀少。男人真靠賣咖啡度日？他和咖啡杯設計師是摯友？是情人？他怎會捨得以絕無僅有的幾十隻咖啡杯饗客？他感應過有人曾經從飲啜咖啡探觸過他的心靈？……男人一如我思念他般地思念我嗎？

孤女

荷蘭　丘彥明

　　淑英搭乘電梯上了六樓，找到十四號房取出鑰匙。

　　客廳擺了兩張單人紅皮沙發椅，中間夾著一張原木的圓面茶
几。一張矮櫃上放著一架十六吋電視機。走進臥室，一張單人
床，潔白的床罩上面放著漿洗過的枕頭和被褥套；床邊立一個略
比人高的雙門衣櫃。再轉進盥洗室，馬桶、洗手台、淋浴，乾乾
淨淨。這間一室一廳一衛的小套房簡單完整，亮敞舒適。撥開客
廳窗戶的紗簾，打開窗透透氣；欣喜窗下一大片草坪青綠如茵。

　　靜靜賞景，下意識伸手摸摸自己剛剪的男孩似短髮，再移下
來撫著隆起的腹部，計算離預產期的日子，臉上帶著苦澀的微
笑。突然感覺貼著腹部的手被肚裡的小子踢了一腳，她抬頭想
說：「肚裡孩子動得厲害，希望是個兒子。」可是眼前無人。

　　第二天早晨，淑英被通知到辦公室。一頭銀髮、白白胖胖人
稱「老爹」的難民營總管為她找來了律師及中文通譯，協助解決
困境。

　　淑英哽咽地回憶：母親過世，繼父試圖染指，她逃離老
家，沒料到落入人口販子手裡。「他們說，外國人家都有洋房

汽車，錢好賺。我出來替外國人看小孩，前兩年賺的薪水對半分，」淚流如注，「他們在船上……輪流強暴……我想死，……先不知道，以為喝外國牛奶發胖。知道懷孕時，已經超過三個月，……」音量越說越小，終至泣不成聲。突然她推開坐椅，跪在地上，仰起頭望著瘦長的律師急切祈求：「先生，請你一定救救我和可憐的孩子，我們會一輩子報答你的。」老爹胖實溫厚的手臂環抱過來。

日子安靜寂寞地過去，每天學兩小時荷蘭語，吃飯、看電視。在收容所裡，她看到許多車臣來的難民，那裡正在戰爭，每日電視裡都有百姓死亡的畫面，逃亡人潮更是一批接一批。收容所一群車臣的孩子們每天在草地上又笑又跑又跳，完全不識國仇家恨；而婦人們個個面容憔悴不安，見到大腹便便的「中國孤女」淑英，雖沒法交談，眼睛裡卻流露著關切與同情。

一個多月後，順利產下一個兒子，貼著兒子的小臉，淑英又是笑又是哭。

一日上午，老爹笑瞇瞇講，律師捎來消息，她的合法居留希望很大，也許再過二十天就能有進一步結果。她激動地推著嬰兒車飛跑回房裡，關上門抱起兒子臉貼著臉，哭笑道：「小寶，你就要看到爸爸了，爸爸很想你，一直等著你。」

午後，有點悶熱，給孩子餵完奶，放進嬰兒床哄著睡覺了。淑英把客廳紗簾拉開，打開窗戶。抬頭發現一隻米老鼠臉的汽球勾掛在窗戶頂端的木條上，米老鼠的嘴咧著笑。「我把汽球摘給小寶玩。」邊自言自語，邊把紅沙發椅端過來，站上去，踩到窗臺上，試著伸手去捉汽球，身子一歪……

青綠色的草地，微風吹著草動……

半個月後，一名形容枯槁的瘦長中國中年男子，出現在老爹辦公室，宣稱是淑英的丈夫。解釋淑英的故事是夫妻二人合計編撰，為了保證在荷蘭能順利生產並取得居留權，同時示出結婚照及中國結婚證，要求領回兒子——他唯一的血脈。

「領回兒子？」老爹不肯。要求看孩子一眼，老爹也不答應。嚴肅堅稱：依簽名與檔紀錄，淑英乃「中國孤女」。

不久，健康可愛的嬰兒在老爹的逗笑中，被一對歡喜的荷蘭夫婦領養走了。

對窗

荷蘭　丘彥明

近午，對門客廳灰色布簾拉開。僅八尺之距，透過光亮的玻璃，她看得一清二楚：兩張灰藍花布沙發呈Ｌ型，男人習慣躺在沙發上長時間地看電視。後花園落地窗前，放了張古老厚重的黃木餐桌和四把高背木椅。桌子中央白瓷花瓶總插一束鮮花。不看電視時，男人常獨坐桌前玩撲克牌。靠左牆，一張桌子上電腦螢幕顯現各式各樣的遊戲。靠右牆，放了一個與餐桌同色的櫥櫃。落地窗外的花園，一片綠色草皮，沿牆種植了一些矮灌木。夏天，後院會撐起深綠色的遮陽傘鋪平大毛巾，男人套沙灘褲女人穿比基尼，雙雙戴墨鏡躺著日光浴。

樓上靠街的房間，午後才會掀去布簾，玻璃窗下半部以白色短紗簾遮掩，從透亮的上半部，看得見白色衣櫃的上截，偶而男人或女人的頭頸一閃而過。

屋前一輛黑色Mazda跑車，永遠擦得漆黑光亮，總在下午或傍晚消失，第二天早上又靜靜地停樓。

一天，她驚覺不知何時自己養成了一個「可怕的惡習」——老從百葉窗間隙往對門窺探，伴隨「敵明我暗」的竊喜，積重

難返。

半年後一天下午，一身黑皮短衣短裙短靴，化妝精緻的對屋女人突然出現在房子外，舉一根細長刷子，仰頭努力擦拭樓上的玻璃窗，再清洗客廳的大扇玻璃。女人手臂細柔優美，塗了紅色指甲油的手指靈活地晃動，仔細又耐心。她注意那摩登標緻的女人，反覆刷洗上下兩扇玻璃窗居然耗費近一小時，不免聯想，女人用多少時間描畫那張臉？

一日眼光一瞥，對屋樓上玻璃窗透亮的部份，映著一團紅色長髮。她花費更多時間躲在窗後追蹤，兩星期後，帶著神秘的笑容對丈夫說：「對面換女主人了！」

數月之久，一個溫煦燦爛的午後，火紅色的頭髮在對街的陽光下跳動，一張精細描繪過的臉顯得妖冶，豐腴的手臂舉著細長棍的刷子，銀紫色指甲油十分醒目。紅髮女郎仰頭洗刷樓上的玻璃窗，動作裡透著不甘心的情緒，草草收工顯然比不擦還糟，留下一道道痕跡。不多時，男人冷著張臉拎了水桶刷子出來，重新刷洗，她終於看清了男人帥氣的臉和魁梧的體格。女人稍後又踱出來，點燃一枝煙望著男人臉色悻悻然。

兩星期後，一部計程車停在門前，紅髮女郎把一隻大背包摔進後座，弓身進了車子，對街窗後沒有絲毫動靜。

不過一月，一位剪著極短髮型的金髮女郎頻繁地進出對門，面目姣好身材玲瓏，當然好看的臉經過仔細描妝。時經半年，洗窗故事再演，金髮女郎消逝。

是定律？是巧合？她產生強烈的好奇心：男人晏起遲歸是什麼行業？一次，瞥見他茶几上多了個人型獎座，是什麼獎？她要

丈夫猜測，他只是聳聳肩，對男子的行業沒什麼興趣，對男人身邊的女人倒是興趣濃厚，隔不時便問：「對面又擦窗了沒？」

春去秋來，幾年寒暑，擦窗事件多了好幾回，有時間隔短，有時間隔長。她想，男人真有女人緣，夠花的，不過確是長得帥挺。可是，為什麼以「擦窗」來結束戀情？她認真去推測，分析出幾十種可能性，丈夫連連搖頭。

再度春暖花開，她推開臨街的臥室窗戶，迎進清新的空氣，對面臥室窗戶也湊巧打開，一張脂粉不施的清麗面孔輕快地招呼：「嗨！早啊！」燦然一笑聲音甜美，齊肩的栗色頭髮在春光中閃耀。「是啊！好天氣呢！」她眉開眼笑回答，注意到對門客廳窗臺增添了幾盆綠色植物，沙發變換成對向擺置。

逐漸對門男人躺沙發裡看電視的機率大量減少，也少坐在餐桌前獨自打撲克。之後，常見清麗的栗髮女子敞開臥室窗戶把枕頭、棉被攤在窗櫺上曝曬。一個週末，兩人蹲在門前掀開幾塊紅磚，種下一株攀爬的金銀花。如今她與丈夫在鎮上可以遇見男人與栗髮麗人手挽著手逛街採購，擦身而過時，「嗨！」彼此微笑招呼。「看來，男人改邪歸正了。」丈夫笑道。

夏天出了一趟遠門度假，精神愉悅地返回家裡，第一樁事升起窗簾開窗透氣，眼光飄向對街她愣住了：客廳灰色窗簾、沙發、木櫃子、餐桌、電腦等均搬空，樓上臥室的白紗短簾被摘除，只剩租房公司配置的白色衣櫃。

整整一個月，早上她習慣性地把百葉窗條調整成四十五度角斜度，對門玻璃窗亮敞，室內空空蕩蕩光影飄動。取過紙筆她畫下一張對街空屋，心中悵悵然。

語言文學類　ZG0074

對窗六百八十格：
歐洲華文作家微型小說選（上）

作　　　者／歐洲華文作家協會
出　版　者／歐洲華文作家協會
顧　　　問／俞力工
策　　　劃／朱文輝
主　　　編／黃雨欣　黃世宜
責任編輯／蔡曉雯
圖文排版／賴英珍
封面設計／陳佩蓉

發　行　人／宋政坤
法律顧問／毛國樑　律師
印製出版／秀威資訊科技股份有限公司
　　　　　114台北市內湖區瑞光路76巷65號1樓
　　　　　電話：+886-2-2796-3638　傳真：+886-2-2796-1377
　　　　　http://www.showwe.com.tw
劃撥帳號／19563868　戶名：秀威資訊科技股份有限公司
　　　　　讀者服務信箱：service@showwe.com.tw
展售門市／國家書店（松江門市）
　　　　　104台北市中山區松江路209號1樓
　　　　　電話：+886-2-2518-0207　傳真：+886-2-2518-0778
網路訂購／秀威網路書店：http://www.bodbooks.com.tw
　　　　　國家網路書店：http://www.govbooks.com.tw
圖書經銷／紅螞蟻圖書有限公司
　　　　　114台北市內湖區舊宗路二段121巷28、32號4樓
　　　　　電話：+886-2-2795-3656　傳真：+886-2-2795-4100

2010年7月BOD一版
定價：260元
版權所有　翻印必究
本書如有缺頁、破損或裝訂錯誤，請寄回更換

國家圖書館出版品預行編目

對窗六百八十格:歐洲華文作家微型小說選 /
歐洲華文作家協會著. -- 一版. -- 臺北市:
歐洲華文作家協會出版:紅螞蟻圖書經銷,
2010. 07
    冊;   公分. -- (語言文學類;ZG0074-ZG0075)
BOD版
ISBN 978-986-86334-0-7 (上冊:平裝). --
ISBN 978-986-86334-1-4 (下冊:平裝)

857.61   99010879

讀 者 回 函 卡

感謝您購買本書,為提升服務品質,請填妥以下資料,將讀者回函卡直接寄
回或傳真本公司,收到您的寶貴意見後,我們會收藏記錄及檢討,謝謝!
如您需要了解本公司最新出版書目、購書優惠或企劃活動,歡迎您上網查詢
或下載相關資料:http:// www.showwe.com.tw

您購買的書名:_____

出生日期:_____年_____月_____日

學歷:□高中 (含) 以下　　□大專　　□研究所 (含) 以上

職業:□製造業　□金融業　□資訊業　□軍警　□傳播業　□自由業
　　　□服務業　□公務員　□教職　　□學生　□家管　　□其它_____

購書地點:□網路書店　□實體書店　□書展　□郵購　□贈閱　□其他

您從何得知本書的消息?

　□網路書店　□實體書店　□網路搜尋　□電子報　□書訊　□雜誌

　□傳播媒體　□親友推薦　□網站推薦　□部落格　□其他_____

您對本書的評價:(請填代號　1.非常滿意　2.滿意　3.尚可　4.再改進)

　封面設計____　版面編排____　內容____　文／譯筆____　價格____

讀完書後您覺得:

　□很有收穫　□有收穫　□收穫不多　□沒收穫

對我們的建議:_____

_____

_____

_____

11466
台北市內湖區瑞光路 76 巷 65 號 1 樓

秀威資訊科技股份有限公司　　收

BOD 數位出版事業部

....

（請沿線對折寄回，謝謝！）

姓　　名：＿＿＿＿＿＿＿＿＿　年齡：＿＿＿＿　性別：□女　□男

郵遞區號：□□□□□

地　　址：＿＿＿＿＿＿＿＿＿＿＿＿＿＿＿＿＿＿＿＿＿

聯絡電話：(日) ＿＿＿＿＿＿＿＿＿＿　(夜) ＿＿＿＿＿＿＿＿＿＿

E-mail：＿＿＿＿＿＿＿＿＿＿＿＿＿＿＿＿＿＿＿＿＿